U0538480

為同一種光芒效力

劉曉萍——著

【自序】室內獨奏者從未關心過聽眾

遷居郊野後，草木禽獸就是我的近鄰，一隻舉著靛藍和檸檬黃羽毛的八色鶇有邁爾斯・戴維斯（Miles Davis）的小號，一隻大長腿的灰鶴通常獨自佇立稻田選擇靜默，灰腰雨燕有時踏步在院外的高壓電線上，嘰喳兩聲迅疾飛去，而成群的野鴿乾脆霸佔了我們的屋頂，一天到晚咕咕噥噥說個不停，通常更吸引人的低音提琴來自棲息於山中的大杜鵑和四聲杜鵑，晨暮之時可以穿透一切。你看，群鳥共棲於林木、曠野，牠們從不說同一種語言，在我看來牠們都是詩學上的上乘佳音。很少有人知道牠們為何而鳴，這些鳴聲中有著怎樣的事件產生？

詩歌寫作大概有三十年了（從中學時代的第一首詩算起），很少思考我會寫成什麼樣子，而一再思考我為什麼要這麼寫？換一個說法，所有的詩歌批評在我這裡是被屏蔽的，我所遵循的就是作為我這個詩人個體為什麼要這麼寫，此時此刻我為何而寫？

詩有萬千面貌，在文學史的範疇中，被歸類為各種流派、年代標籤和身分標籤，但遺憾的是，以我算不得寬闊的視野沒有看見一本專著能以靈魂和生命事件為線索來談論過詩歌，語言在詩歌中的運動機制被無限放大，而又一再離語言運動機制背後的這個生命本體十分遙遠。可與密碼學同等繁複的詩歌，在評論者和文學史家那裡約等於一些公式，他們可輕易歸類某一些詩歌，某一類詩人，某一種創作手法，某一種語言結構，但完全忽視了每一位成熟的詩人各有其密碼，且這密碼可由最初的原始代碼經由靈魂事件的不斷演化而不斷演變升級，但那個極其隱祕的核心只有銳利的勘探者才可發掘。我們可以從文學史的流變長河中看到那些河道的演變和不斷衍生的支流，但我們很難去窺測每一滴水珠在遵循河流的流向時所具有瞬息萬變的時態。但，正是這種難度，才是詩歌的迷人之處。

無疑，我是一個沉溺於靈魂事件的詩人，日常萬象、自然萬物也不過是我靈魂事件的投影，生命（命運與性格）的不可揣度始終令我迷惑，我的這些詩章就是試圖看清其本質的努力。正因為靈魂事件和生命事件的百般纏繞，難以釐清，我的詩歌也呈現出了「藏」的要旨。在此，語言亦如一件罩衫，有其形其色，但未必可以完全信任，因為在追溯靈魂事件的途中，每一根細微的蛛絲晃動都將出現無數分岔，語言只不過是這些難以詳盡的分岔的魅影。在我這裡詩歌的難度等同於靈魂事件的不可交涉，不可效仿。語言作為那一面可能映照全貌的內窺鏡，被我洗了又洗，我在語言中所追求的潔淨就是我在詩歌中所追求的潔淨，它們試圖卸載靈魂事件所施加的全部壓力，試圖不動無數根蛛絲而站在網外。如果你還要追問，我只能告訴你，我就是那個獨自在室內踱步，踱步而演奏的樂手，我唯一想打開的窗戶是天窗，唯一關心的聽眾是靈魂中每一根蛛絲的各安其靜。

二〇二四年於清邁竹子村

目次

組　詩　異居者筆記

組　詩　素貼山筆記

組 詩　無有物指南

組 詩　竹子村筆記

【附錄】雞冠蛇住在香樟樹上
——一份難以考證的精神自傳

曠野遊蕩

I

又一次躬身泥土
這收留我們骨骸的
宮殿，海水一樣寬容。
我尋找過你的墓碑
眾名之中，那已被風蝕的
姓名，甕中灰燼。
我們因何而來？
從泥胚中顯形，又
捲起塵土，舉著火把
反覆點燃自己。
燃燒吧，燃燒，不接近灰燼的
人，遊蕩在幽靈的鐘聲裡，隨光暈流變。

只有海水懂得回溯
從清澗開始，到駭浪推翻島嶼。
河水挽住泥淖
也在桃林中忘返。
你將船留在風暴的邊界
它拉開了月亮與烏鶇的距離。
是魅影促使花朵迎向細雨

讓昏厥與愉悅聯姻。
這裡沒有詞語
只有唇上露珠藏匿靈魂的倒鉤。
當你叫喊
所有黑暗的房間都不在聲音中顯現。

種一些梅花
荊棘也不曾放棄過生長，
你終將成為一個喪失味蕾的人。
覆霜的漿果，致命的滄形草，
它們在反覆試探饑饉的限度，
愛的面容，竭力擴大肉身所不及的力量。
你像母獅被奪走嬰兒那樣
嚎叫，而聽者
只有嬰兒，她在你體內
抵抗所有來自夜晚的憎恨。
這夜晚從礁石步入海港
將赤身裸體緊緊裹進虛無。

你回到密林
雨，對所有翅膀都克制。
林中切碎的悶響
那是暴雨替你在枝頭痛哭。
永恆就像一件棉衣
被雨水澆透，它的坍塌
就是你的坍塌。

這些巨石，這無用的韁繩
它們與神聖的面容締結契約。
你無法從一條小徑上撤退
冷杉直入雲霄
它們喜歡冰雪，並轉贈予大地。
你在小徑，甚至唱起了歌
而並不存在某個神奇的
造物，因為善於雕刻自己而豁免於窺見死亡。

那只休憩的灰鶴
有時也會振翅，往更高空盤旋
它垂顧於群山的長喙全心全意愛著曠野。
你終將成為那個埋葬鏡子的人
毫不猶豫宣告自己
愛上永寂的長夜，只屬你的部分。
你終將放棄在泥土的宮殿中
尋找王位，像虎刺梅
拒絕每一個隨從落在刺身上的目光。
他們也許會杜撰你不曾有過的命運
就像那些林立的墓碑
刻進石頭的姓名，所忽略的漫長真實的一生。

II

如果無畏地畫出完整畫像
誰會在拼接鏡子的遊戲中不去碰觸蠕動的鱗片？

請認真對待那些裂隙吧
剎那，它們就會加速成天塹
將枝頭花送入神龕破碎處的洪流。
你早已經過白得喪失本來面目的神龕
在斜坡與廢墟之間，更白的鬼針草成為它的掩體。
兩種形象為同種蒼白而混淆了自身。
你看，無非是砸碎鏡子
又挽出碎片中的深海，「無非是學習死」。[1]

風雨中檢視所有門窗
你，這個破壁者正在雨中奔跑。
終日遊蕩的小徑也已開掘出許多豁口，
而院中大火正在暴雨中升騰。
烈焰並非拯救，而是在雨中得知雨的力量，
用經過洗滌的灰燼
詳述無力區分黑暗與光明的灰燼。
你長久地諦聽夜幕中的聲響，
風在天地間的嗚咽，盛滿杯盤
三代人縮在一起，寂靜地啜飲。
父親獨守的廟宇，菩薩與鬼魅赤身肉搏，
垮塌的大雄寶殿中
腐爛的穀粒還可以成為瀕死者的稀粥。
峭壁上的父親，以饑饉對抗著荒年，
又在深不見底的地窖執掌燭火，用長梯
接回失魂的孩子，去往星空之下。

而你，步入有葡萄藤的穹頂
側耳傾聽，來自遙遠天體的回音，觀照愛。

漂移的堤岸再次成為霧靄的盟友。
你在密室中卸下的
幾個替身，凝視著掠過窗影的崗哨
他們正在長廊巡迴，並不懂得愛是行動的星雲。
還是難以藏匿，顯著的敗筆，
猶如兩個港口之間被忽視的
荒蕪，放逐在不被破解的咒語裡。
你沿著長滿緬梔子和丁香的小徑走著
倉鴞和山鷹伴行左右，
送出意志無法闡釋的曲調。
你彷彿和這曲調黏在了一起，
是蛛網網住了飛來事物的總和，
像遊絲在靈魂的監測儀上纏繞。
你將重新認識什麼才是不朽
當時間終結，又赤裸地把襤褸的衣衫還給激流。

III

黑暗中，樓梯是存在的嗎？
當你爬上失重的臺階
從鎖孔中拔出鑰匙，走進空寂的
房間，來自加護病房的電話
短促而平靜——

你評估過那血，是如何從肝膽噴湧而出
又在水龍頭下成為鮮豔的漩渦。
你逃脫了那場目擊，而
顫慄反覆上演，更為生動的劇情。
那是最後的對視和
凝視，重症監測儀如何顯示
一個人完全消退的生命意志。

這裡是雨林，噪鵑停在枝頭
成為暮色中的號手。
螺旋狀的金屬音，剮蹭著刀鋒
為晚霞覆沒於烏雲而嘶吼。
這吼聲隨著自身的微光擴散
並未撼動近在咫尺的同伴。
你為這場直播感到震驚
就像困厄的燈盞只是新月的一小塊碎片
轉瞬就會消失在幽暗的洞穴。
分離並不會輕易顯露它的本相
兩隻貌合的噪鵑，相向站立
從未彼此傾聽，猶如骨牌和
它的背面，因相悖的翻滾而扭曲了自身。

你看，毒蘑菇和滄形草瘋長的後院
鬼魅之物早已裹住腳踝。
毗鄰者用烈酒潑灑心頭快意
遞來刀子，給枯枝復刻更多疤痕。

你為兩種憐憫而心生慈悲
就像雪落在大海中，斷滅了自身。
你凝視著那個脫胎於母腹
不斷變化的鏡子，因深不見底的眷戀
而復辟孤獨的合法性，
正如贖罪的獻身者創造了神祇。
當你在迴廊踱步，聽取倉鴞的勸慰
呼喊著母親，枯枝喑啞落在地上，
愛著疼痛的母親，愛到白髮凋零。

你知道，風暴有惡龍的眼瞼
善於張開巨嘴，咬住生活的咽喉。
院中倒下的大樹並非無根之木
它們經年開花，貢獻碩果
又在烈日中為徒步的孩子奉出濃蔭。
而你無法評估異常的颶風
用毀滅來填滿它的癲狂。
破碎之物是可修補的嗎？
你反覆清洗杯盤上的缺口和
裂隙，每一次都滲入新的汙垢。
這是溝壑縱橫的曠野，意志的荒郊，
所有翅膀開始剝落，可以飛的翎羽。
整個白晝都浸泡在永恆石一樣的黑色沉寂裡。

重症病房並非在可見之處，
此刻，你是你自身的醫生和陪護。

當你關閉門窗，進入亡靈的序列
生命在她誕生之前就已漂泊在神祕水域。
還是要練習這只提琴
掩護靈魂逃脫，讓呼救的欲望在忙音中撤退。
這是全新的對視，當這沉重肉身
扔進破舊沙發，收回鑽進曠野的目光
你將走進全新的曠野——
那只提琴在他懷裡，伸出無數觸鬚
於草木的根莖處懸停，將舞姿交給草尖。
雲層在這一刻開始流動
由深灰至靛青，再至星藍。
那面容聚集了在世時的全部神采
和離世後難以揣測的澄明。
需要問候嗎？他只是微笑
臉頰貼過來，彎下身子，微笑。

IV

晝夜並無分界
當光明和黑暗用以區分大地上的
悲喜，聲音穿透一切。
聚集於曠野的
萬千聲響只有一個音節。而
單音節複遝，產生變奏，
正是時間，在閃電中確定我們。
萬千單音在這裡

摸索某個祕密出口，就像海水和泡沫之間的
連環證詞，相互證實，也證偽。
它們攝住這祕境中的耳朵
在自我意識的遙遠盡頭，溫馴地
匍匐在玫瑰園中。

新月滾燙，縱火者般飛來
我已在這裡化為灰燼，而
你並未靠近這烈焰中的身體。
你在所有鳥的歌聲裡，並沒有一段旋律
為接納我的靈魂而準備。
玫瑰張開黑色眼瞼
比守衛明月的烏鶇還要漆黑。
它統治著晝夜，分分秒秒
每扇窗前，調色板上，打開的水龍頭裡
狂風控制的枝頭，被語言所追逐
而完全拘禁著語言。
從枝頭落下的雨雪，堆積在腳邊
形成冰川，高於四壁。
用以熄滅燈盞的
爆破音，這次用於熄滅柔情。

孤獨和琴音相互纏繞，轟鳴著
突破最後防線，在曠野尋找它的島嶼。
請為耳中聖徒恪守恆久的慈悲吧
在靈魂滑向奇境的顯影中

讓我無限眷戀的，這聲音
詩的聲音，解禁鐘擺另成秩序。
我在嚴冬愛上你
愛你純粹的面容，月輪般的聲調，
和鏡中憂傷。
彷彿你在每行，每個音節，每個動詞中
擁抱著我，勝過愛撫，顫動和呼喊。

愛是什麼？痛的伴侶
靈魂上的絞索。
我有兩種漂泊，在疼痛中
去愛：峭壁，以及幽暗的修道院的燈火。
它模擬神聖時刻，一再鞭笞
這具肉身，這火焰的寓所
沒有一刻想要杜撰自己的命運。
我將收留了千萬時日的
駭浪給你，交代從未說出的
愛的語言，給你，並不要你作答。
這群峰上的眼淚，遙遠星辰的迷情
鏡中索引，朝向生命的赤誠匯聚。

時間的本質是重力原則
在每一件事物上的聚合。
是所示之物和它的反面，
生發的曲調和消散的曲調相互依存。
林中，黑背奇鶥從早叫到晚

它是猛禽的後代，來自於寂靜。
在嚴冬燃燒的頭顱裡
春天在唱詩班的歌中到來。
我喜歡在迴廊上吹雨後的風
永恆夏日最初在池水上蕩漾
又在竹林中搖曳，最後
在曠野上呼嘯，呼嘯。

V

越過這破敗神龕，你
還能看見什麼？這掀翻翅膀的
沉默的風，會將你帶到哪裡？
被信號塔切碎的
孤星，已進入密林的包圍之中。
艦隊般的烏雲壓向瀕死的蘋果園。
並沒有一種歌聲在兩顆樹之間傾注
同樣的深情。晚霞召喚那個凝望群峰的人
隨後將沉寂的長夜拋向曠野。
請別詢問，什麼才是弱小？
在群山也不能回顧的風中
烈火和根莖都向同一種孤絕靠近。

剔除雜蕪吧，找到藏得最深的倒鉤
清點它們，在過去歲月中尋回鏡子
洗淨這面鏡子，直到它和骨頭一樣清奇堅硬。

灰燼經過的河堤上，青草聳立筆直的新綠
與割草機千百次搏鬥過的傷殘的
根莖，是我嗎？
落日貪婪地將小徑擁入懷中
被使用過的鏡子沿途潰散。
那明顯的缺陷，難以計算的辯證法，那些臉背後的
深淵，那促使眾鳥停止夢囈的精確定位儀
令歲月在雕琢我的容顏時出現了太多漏洞。
最後雲霞迫切背棄群山之前
那疾飛的黑鳥要走進誰的永夜？
鏡中暴政更新了獨裁者的面容
而鐵釘上的悲憫更深一寸。

當你收束雙腳，和亡靈們面對面
蛇不知疲倦在你們之間梭行。
從古老睡床，到被延誤的果園
多欲的軟體，蜿蜒，幻變，不可捉摸。
它在確認島嶼上的時光，針尖上的時光
將緘默拋向空中，又防止它從雲層中沖出。
你仍在傾聽那迫使河水轉向的
靈魂中的回音，芒果無人採摘，紛紛墜地
散發腐爛前微弱的香氣，
誰可以忘返，那渴念春天的隱祕的核心
讓她安穩地留在知更鳥照看的果園
在愛使她忘我之前，去掉那些面具。

傾斜的神龕，早已殞沒於瘋狂的荒草
從來沒有看見，你哭得如此狼狽
像烏雲被凝固，懸在失神的世紀。
你所期待的信使始終沒來。
斷絕了爐火，你用氣烹飪每一頓晚餐
顫抖的手中還能握住箭鏃被剁碎的極樂。
你用靈魂品嘗食物的方式
已不能獲得相稱的口腔。想一想
是怎樣的時刻，味蕾被打開，又迅速地遺落
在靈魂的荒野。光顧琴弦的晚風也光顧哀傷
不要從未經掙扎的箭鏃中看我
我不再擁有一張在沙灘上補網的人的面孔。

VI

乞求風神降下雲梯
款待一個沒有時間的世界。
挽住僵死的卷柏
給她岩石，也給她泉水
讓這根須飄蕩的肢體，還魂。
她是孤兒的後代，又
在養育下一代孤兒。
她早已愛上岩間道路
隨時被連根拔起
隨時遊蕩，看吶——
這條路沒有盡頭

這條路已顯露它的基點。
風揭開隱祕，反常的薄霧穿透肉身升起
全部神力都是靈魂的語法
並在上帝的法典裡締結了互助條約。
人們稱之為消亡，而
卷柏，她是唯一，沒有生死的生靈。

當鏡面彎曲，折疊的
銳角刺破現實所有邊界。
要理解宇宙這個夢境
與徹底放棄自我的這個
夢境，是同等的道德和慈悲。
在所有可見的花序裡誕生了所有甜美的
謊言，這愛的真相，時間了無蹤影
既沒有起點，也無任何邊境。
問繁花落盡的鐵刀木
問她衰敗的枯枝
生機與凋零發生的瞬間——
世界戛然而止的虛無突然得到了認可。
那純粹的，偶然性的花朵
力求詳述這場偶然的綻放，它令人驚愕。
就像絕望中抓住的愛
改變了時間結構。
那多姿的搖曳的花瓣酷似狂笑
像不朽者的笑聲那樣
無所謂短暫，而進入永恆。

你若將耳朵倒空
交換牙齒中的糖分
靜默於湖水，在香樟枝頭燃一把大火
你便可以學會琴鳥的歌。

迎接黑夜要像迎接故鄉
重逢在編年史裡。
回到暮色的中小徑
晚風仍有溫柔的胸懷
彷彿生命在何處碎裂都有彌合無痕的繃帶。
而推土機修改後的曠野
人們正在建造醜陋不堪的涼亭。
翅翼完全隱退之後
那尾燈昏暗正在倒車的旅人
是否真有一面可以看見泥淖的後視鏡？
唯有風可以抵達這種黑暗
並加深它，又創造迷住靈魂的避難所。
為了親吻雲霞的面額
我借用了蜂鳥的長喙。
柳枝翻動流水而令枝葉紛飛
在每一株草上
每一朵送出花蕊的單瓣小花上
世界緩慢轉動，就像天使的
旋轉木馬沒有一個需要躲避的季節。
暮光中正有颶風來去
而專橫的鳳凰木也已將花朵全部交給洪流。

飛鳥將要在誰的枕畔留下遺言：
憂愁的神祇總是樂於垂顧凡人。

萬千枝葉都靜默之時
我路過菩提樹，它每片葉子都在閃動
掩護著根部東倒西歪的神龕。
穿過藏匿毒蛇的草叢
患有抑鬱症的
菖蒲又讓鋸齒更深了一寸。
她將在哪裡得救？
耳中但丁已走到地獄的第四條堤岸。
烏雲移走連綿群峰
異鄉人堆砌的磚石正在加深曠野的荒蕪
是的，「罪人都在烈火之中。」[2]
如果你要去往豐饒之地，灰燼和冰雹將同時到來。
習慣將詩句藏在鷹翼中的人
就是那個身體被塵埃埋住而將靈魂送入雲端的人。
我所行走的這條小徑
眾人也行走其中。
眾人所走的這條小徑
全然不是此刻我所行之徑。
落日所告訴你的，晨光裡全是隱祕。
在榮冠之港的海浪上，唯有風暴才是長夜的良伴。

二〇二三年五月四日至二〇二三年八月九日於清邁竹子村

圖說：劉曉萍／林中路

1 引自《柏拉圖對話錄》〈斐多〉。

2 引自但丁《神曲》

組詩

異居者筆記

圖說：劉曉萍／內室-1

NO20190101

一棵樹帶著根鬚在走
花在飛行
果實已被托運。

一棵樹洗淨了根鬚
枝葉婆娑
有些影子很長
有些影子很短。

一棵樹在零點重返盛夏
枝葉都可以放下了
河邊有扇門開著
燈火通明。

NO20190102

問候了河流
再問候菜園
天使蹲在花椰菜腳邊
他用蜜蜂的語言。

如何教你認識赤誠——

螞蟻在牛背上
果子散落在路邊
總有人在河水中逆流而上
沒有一朵花開在煙霧繚繞的地方。

如何獲得語言之中的語言——

河流教會你的
壁虎會再次幫你溫習
記得脫下你的鞋
記得腳底的沉默和潔淨。

NO20190103

圍牆和圍牆之間必有一塊空地
芭蕉遮住它們
鶴望蘭又舉起燈籠。

泥土會成為誰的玩具——

翻開泥土露出果核
骨頭和骨頭命運相連
硬骨頭的緬梔子鮮花奪目。

誰不是泥土的塑像——

你用鐵隔離的已還給腐朽
看：你的鎧甲；
通紅的虎刺梅正在糾正的日光。

NO20190104

洗淨舊衣服
騎自行車穿過芭蕉林
道路有幾處波折
河堤會平息它們。

你看這吱吱作響的
臺階，緬梔子映照著它們
純白的含著金鑰匙的
花瓣提供了隱身之所。

大雨砸在世上每條路上
芭蕉接住它們。
大雨令臺階更加陡峭
沙發和露臺又交出驚人的內幕。

NO20190109

清水和我
在燈下

甲蟲在唱歌
蝸牛在唱歌
喜鵲在唱歌
壁虎在唱歌。

大雨過後
雲層更加清透。

芭蕉下是我的家
屋頂上是星辰的家
我們獨自坐著
我們緊挨在一起。

NO20190129

那麼多歌喉
唯有壁虎藏著提琴。

它咬住自己的腿，有一個重低音。
它路過廚房的空碗，有一個高音。

它在牆上來回梭行
風繞過它爬上高高的
檳榔樹，即興拋出幾枚果子
定音鼓總在屋頂升起。

你不知道壁虎的
詠歎調戳穿了雲層
風使所有悖向
永恆的事物分裂出不受制約的種子。

NO20190212

蛇來到房間。
第二天，芭蕉樹被砍斷。
我們評估了每一條路
它來訪的目的。
它滿身翠綠
點綴些許鵝黃
芭蕉是它的掩體嗎？
我們享受風拂芭蕉的柔軟
驚懼於蛇柔軟的冰涼
這冰涼一直滲透到脊背。
最難擺脫的事物無非纏繞
抓不住一塊硬骨頭
冰涼沒有極限
它可以挽出荒寂崖上的妖精
佯裝坐在芭蕉下喝茶
我們安置在闊葉叢的茶壺
真是魅影不斷啊
好多天都沒有倒出過一滴水。

NO20190307

突然大風
枝頭鳥都醒了。

枯枝從搖擺的雲霄飛速墜地
分裂出鳥鳴的高音和
低音，我所憂慮的：

蛇同枯枝一起出沒；
深夜的鳥鳴無法抵達清晨；
露珠不再光顧幼苗；
更多果子將瞬間進入泥土——

我沉迷於這寂寥的空院
起風了，萬事萬物都在行動
不屈服於機翼所製造的轟鳴。

NO20190308

日光到來前
埋掉整桶垃圾。

令人羞恥的是什麼——
腐爛物安於更深的腐爛；
蟻群從腐爛中找到一日三餐。

第一縷光總是眷顧著花園。
孩子必定醒來更早
他們從深井裡取水
餵養蝴蝶，又讓藤蔓加固屋脊。

該如何描述餐桌邊的
這塊空地
蜥蜴來過，青蛇來過
蟾蜍不斷擴大規模——
我手中的鏟子
從早到晚都在為一種靜謐而努力。

NO20190310

這一天，2 次跌進蛛網
2 次失足虎穴
2 次和蟬鳴同頻
澆 2 次花，餵 2 次魚，清掃 2 次庭院——

碎碗 1 只。

這一天稀粥從早熬到晚
寡淡也沸騰了
枝頭鳥躺在地上只剩幾根羽毛
我在院牆下挖了一個洞
埋葬掉不全的鳥屍。

NO20190315

河對岸，深夜狂歡還在進行。
我在等待猛禽
它深夜林中漫步
用高音，和自己交談
區分開所有形象卻很好地處於密林之中。

它不知道附近有一個聽眾
它不關心任何聽眾
在它這裡根本就不存在聽眾
它是一隻不願離開密林的鳥
從不關心有什麼鄰人。

它歌唱時，壁虎也在歌唱
山鷹，黃蜂，啄木鳥跟隨
蜥蜴和蛇同時附和——
交談也有被打斷的時候
當眾聲鋪開一種荒蕪。

黑夜的緣故
林中路上多出一些斑駁。
星辰的緣故
它身上有不可替代的冠羽。

NO20190403

無名之鳥住在屋頂
守著一支黑管
一天中總有某個時刻
發出繞梁之音。

我有時在盥洗室聽
鏡子又像換了面新的。
有時廚房中油爆花椒
只能聽見幾個低音。

像是自訴
又哽咽著嵌在咽喉
金屬的辛辣
和洗淨又髒了的碗摻在一起。

一天中大部分時光都是喑啞
彷彿屋頂是空的
黑管也是個假想物
我早已過了談論艱辛的年齡。

四壁中，丟了幾次
丟不掉的舊物堵在窗前

彷彿屋頂是空的
黑管也是個假想物。

NO20190404

深夜不可計算
一個人為潔淨所付出的代價。

沒有人會讀懂這條墓誌銘：
她的一生和鏡子一樣潔淨。

NO20190408

還可以繼續對話
我模擬你
你掛一件衣服在密室
還可以玩開燈關燈的遊戲
燈滅握手
燈亮放手
這溫度我是知道的。

並不是記憶才能讓樂曲流轉
如果河流不動
所有石頭也不會挪動。
從峭壁歸來
你喜歡在陡峭處開始
這夜，掩護著我們。

你看花朵萬千
這婆娑世界無非一場雨景。
如果海水比死亡更古老
沙灘上將燈盞高懸。
我要寄信
也不需要另外的火
另外的地址和穿越邊境的郵路。

NO20190409

鏡子昏暗。而
壁虎飛躍佔領房梁
誰能照見自己的尾巴——
尖刺紛紛下墜
好比一場懸疑事件。

最劇烈的垮塌就在鏡子裡產生
後山消失了
江水浩蕩
連一艘船都沒有
連一個對飲的杯盞都沒有。

你不可能會聽懂壁虎的歌
那鋒利急促的
高音只有剎那一瞬
它可以割破鏡子。而
昏聵是鏡子的本能。

就像我這首詩
一遍遍觸摸
無限縱深的源頭
它將清晰的形象混淆在一起
坐在細雨中彈奏著孤獨。

NO20190422

暴雨過後
院子有洪水後的寂靜。
夜晚的魚池卻有定音鼓猛烈撞擊
它擊敗了蜥蜴的四聲短歌
將如雷長調填滿整個長夜。

這突如其來的演奏
只聞其聲不見其形。
無數種形象
正在和我分享黑夜
拒絕在寂靜中完成自己。

魚池清澈見底
它如何提供隱匿之所——
聲震黑夜
彷彿寺院的鐘聲
為苦行僧解除戒律。

我從未見過 1 米寬的魚池也有雷鳴
每個形象都有各自起源
花狹口蛙產下的
卵堆疊。

晨光映照著它們
漏出小尾巴，像無數分散的
音符，考驗那個不識譜的
人如何更好地處在這無調的世界之中。

NO20190425

暴雨前已被斬首的
大樹再也不可能點頭或者搖頭。
它僵在那裡
連哭泣也不會
連顫抖也不會。

不可估量的蟻群更有不可估量的瘋狂
它們圍攻了誰——
黑匣子一旦打開
洪水消退會再次發現他們
土和火也不能埋葬他們。

我手上的掃帚可以留住幾顆種子嗎
不可協商的難道不是一盆清水。

我從蟻群的口中救出
一半但丁，一半聶魯達，一半帕慕克
一半尤利西斯——
我從未這樣更強烈更明確地清理過語言。

潔淨多麼重大
它用盡了每一天。

清水遲早會滲進根部
那不可動搖的中心。
我對蟻族沒有半點同情
我樂於看它們終止於蟲洞
在風暴中崩塌，返回自身的寂滅之中。

每個時刻都是莊重的
會有光芒來消磨這悲傷。

NO20190521

白蟻陣亡之後蛙鳴尤為洪亮
真是難以啟齒啊。
萬千雨絲
跑到半路就斷了
沒有事物在重力原則之外。

夜幕下壁虎狼奔豕突。
作為在冰上行走的雲雀的母親和
拋棄了海岸的女兒
在屋簷下避雨是短暫的。

遠觀壁虎斷尾也是短暫的
雨必然會參與到調色板上來
自畫像不如壁虎清晰。
被鐘聲淹沒的黑匣子也會有多種變體。

夜幕下壁虎狼奔豕突
雨滴更加密集
這些畫面我交代得太久
寧寂的色彩才是值得關注的主題。

NO20190522

雨滴指針一樣在走
走在鐵皮房上，是重低音
走在芭蕉樹上，棉花糖般細軟
總有花朵會在雨中敞開，更鮮豔，更飽滿。
也有枯藤開裂不管雨驟雨疏
如果你常年聽雨，寂靜就會駐入內心。
雨來到石頭中間，會給中年以寬慰
雨停在被斬首的樹上
它在呼喚新的歷史，新的頭顱。

NO20190523

昨晚住在海邊
陡峭之處也有門窗
海水環繞著房舍
無數人影晃動。
就像默片時代的演出
你很難確定人物關係
漫長交談也像煙火。
餘味很快被海水沖淡
曾經被照亮的
也將重新進入黑暗。
從海水中獲得
鏡子，是孤立事件。
在海中宴飲
渡船的人到達堤岸就醒了。

NO20190622

那晚已在雕刻匠手中
燈照在兩張臉上
淚痕是全部語言。
黑河靜靜流淌
它早已默認了消逝。而
聆聽者從未完成防波堤的建設。
她凝視著被河水浸透的殘篇
已不能敘述完整劇情
每次夜幕低垂都會有新的
洪峰抵達。抵達重又褪去
彷彿精心準備的
告別，是一次次逆流而上的重聚

NO20190627

山中歸來
暴雨和雲團都可以佐餐。
什麼是平淡——
從陡坡上下來
再爬上陡坡。
沒有語言經過這裡
山峰都已是身後之物。

濃墨重彩的
無非那些涼亭，荒在半山。
廊簷下有幾種語言
它提供鋪滿鮮花的斜坡和
生命力極強的果核。
也提供駕駛者遁形的摩托車和
暈眩者急需的長凳。

山中有雨
誰是絕妙的登山者——
從低音處，不斷往上盤旋，上升
與星辰會晤之後，又滑翔，折返
群山也是波濤
起伏跌宕亦是種逸樂。

這不是獻給什麼人的遊戲
它要求我們保持清醒。

NO20190709

應該去掉徘徊這個詞
現在這條路上，我的詩中
猶疑也令人可恥，還有顯露。
每顆樹都是鏡子。
我攜帶果核，空的
空而奇妙，棋局中的虛設
現在這條路上，藏著它的盡頭。
我完善每一步
每棵樹都是鏡子。
梯子，強光，放大鏡，枯枝
在更高處，去掉徘徊這個詞
猶疑也令人可恥，還有顯露。

NO20190810

離泉水一尺，田疇一丈
寺廟相隔一排芭蕉。
我住在這座用鳥鳴修葺的房子裡
泉水裡看見自己
曝於田埂的穀粒中看見自己
誦經聲中看見自己
為了讓這些形象更持久
每晚，我都會打開內室的燈
等黑暗過去，泉水的清涼就是我的清涼。

NO20190823

那個人從屋子裡出來
雨已經淋濕迴廊
她必然是雨的一部分。

樂手們都在曠野
他們從不排練，試音
每場演奏都是第一次，和最後一次。

不存在停頓
雨，沼澤，泥淖和樂曲
百葉窗後有晾衣架，有每件舊衣服。

樂手們皆有惻隱之心
幸好燈沒有搖晃，百葉窗露出射線
樂音和泥濘彼此消融，茫無邊際。

NO20190909

總有羽翼跟隨
從童年到中年
總有猛禽住在山裡
與我保持正好可以聽見鳥鳴的距離
我將要起身到調色板上去
雲層疊嶂，明處迤邐，暗處洶湧
曲譜越過它們
顧自建造深山中的教堂
在它的長調中，有永恆的雲梯。

你看，白雲趕到暮晚就運送金子
彷彿此生可以虛度，還能借助金色船槳靠岸。

NO20191018

如果每座山都有廟宇
雲杉將是我們頭頂最不可描述之物
你看那些風塵僕僕跑到素貼山的
鞋子，無一不歇在素貼寺門前
是止息在穩定著塔頂
貢獻出舍利。而
佛身間湧動的
肉體會再次穿回那些鞋子
他們會加速下山
在喜怒無常的臉上露出新的狡黠
如果每座山只有廟宇
素貼寺會成倍擴大素貼山的安寧
上山的臺階將變得狹窄陡峭
佛前的赤腳也會落地無聲
無論從哪個角度看
山林都將一塵不染
諸佛的潔淨就是人世的潔淨。

白鷺
——也寄生日

白鷺落在竹林，彷彿竹子白頭。
斜陽從白鷺身上經過
落在縫補衣物的母親身上
縫到漏洞最多的地方，聽到我，第一聲啼哭。

白鷺來時，竹林裡開始有薄霜。
母親種甘菊，與竹林隔一面池水
冷霧在兩種白之間，製造深處驚濤
又在池面鎖住任何一點漣漪。

從落葉小徑走入深山，陡坡連著陡坡。
光在枝葉間閃爍，一會照著母親，一會照著我
誰身上之白不是白鷺之白？
我也有成堆衣物，漏洞連著漏洞。

噢，記憶。當年白鷺，甘菊屬我們。
池水沉著，端出不可辜負的鏡子
那止步於漏洞的絲線
就像我們遺失的金子，在竹林深處。

二〇一九年九月十五日

哀歌

——悼文君，我的外甥，二〇一九年七月十日溘然離世

I

日光正在消退
雲圖千色
撥動窗外枝葉
這是怎樣的夢？
千色，逐漸成灰
慢慢縫紉，一線雲影
這針腳密不透風
沒有一個小數點可以偏移
另外一朵雲
掠過河水的身影

一座電影院
曾是我們的藏身之所
電影還未結束
你已掀開幕布
那麼多觀眾席
隨便一個都能讓你隱身。而
劇情太離奇了

只有急促的敲門聲
這一世敘事太短
只有剎那。
只夠你從某個座位背後探身一笑

其它都是洪水
沒有閘門
你從哪座橋上走到了彼岸？
你信任它嗎？
你看此岸的燈火
形態不一
多像已經枯萎的
淚花，正在滾落的淚花。

II

這些天，我咀嚼涼薄
流水打著響指
你有應答？我應該打開更多門窗
動盪的剃刀還有一個風火輪
它如此之快
快過涼薄的所有終點。

你應該像我一樣練習在迴廊上
踱步，來來回回看清自己，磨滅自己
你應該練習點燈

看腳下有一寸光明
慢慢移動，靠近積極的蝸牛
假如你可以在迴廊上走向我
假如獻祭的罈子沒有被一飲而空
河水不會如此疾速
連回頭看一眼都不可能

對不起！我們還在容忍
浮力陡增的晚餐，沒有支撐物的路，溜冰者的橋——
永恆在不斷縮小它的瞳孔
那朵在退縮的臉上的雪花是真實的
其它都是夢幻

III

這是我的——
第三首悼亡詩
第三部哀歌
第三次開具的死亡證明
此刻，大風四起
掀起每一根窗紗

我清晨在田埂上看到的——
赤腳沙彌是不是你？
他低著頭走向我。而
我正在拐彎

最後一次
我錯過了你

我不瞭解
你的沉寂正是你的悲痛
你不瞭解
我的悲痛正是我的沉寂
此刻，河水流向哪裡？
我找不到方向
它有太多漩渦
你是最新的一個

最年輕的
激流。戛然而止。
戛然而止，這個初夏
這是我的——
第三首悼亡詩
第三部哀歌
第三次開具的死亡證明
最年輕的
激流。從我頭頂覆沒

二〇一九年七月十三日

給赫爾墨斯的信

我是一個努力拍打身上塵土的人
望著加速度的落日
努力站在影子不會傾斜的地方
有時，來回踱步，在飛鳥翅翼下
有時，淚水湧上來，雙膝難以彎曲
暮色中沒有人的意志。
群山高聳，晚霞，稠霧和浮雲三位一體
陡坡上，沒有餘地重述苦難
你的血肉中有我的血肉。
血肉中沒有爭辯，沒有語言
我打開水龍頭，寫這首詩
重複拉伸背脊和雙肩
隱約可見，摩天輪已啟動
我將乞求神恩，到病孩子床前
我將用金線縫製偷糖的袋子
放在荊棘縛身的姊妹的枕邊
設法堵住那些漏洞。而
我僅是一個低頭縫袋子的人
請告訴我，赫爾墨斯
糖果到底掌握在誰的手中——

一部電影

1

中年，可以演自己了
峽谷還是峽谷。

這一次，峽谷戲分很多

羊來了
烏鴉來了
牛來了
猩猩來了——

最後，來了白馬。

白馬護著蘆葦
茅草屋裡烤著夢。

2

牛輕易過河
寒霜伴著濃霧，牛踩著石頭，很穩。

牛吃自己的草
不需要焰火，鐘聲，燈光和攝影機

這裡有一個邊界——
你不要妄圖牽它的鼻子
進你的窄門。

3

道具也不是道具
煙滿屋子漂浮

臉就消失了。

煙是謊言，是偽裝，是逃避，是消隱，是不在場，是避重就輕，是最高虛構——

它只為美術服務。

4

鳥飛走了

逃脫這一場戲——

它知道，攝影機是另一隻籠子。
它不知道，導演手裡還有一張網。

捕鳥的人爬上懸崖
剩下一個空景。

5

在自然中置景
種一顆死樹

設計靈感來自上帝。

繼續挖坑
在枯枝旁邊，繼續給枯枝修剪。

有很多種機位，很多種拿斧頭的橋段。

她在劇中是一個聖母
在自然中留下屎尿。

6

他坐在劇外曬太陽。

有時起身，給他在劇中的兒子穿上戲服。

他很會配合導演
在劇外，臺詞爛熟。

有時也會有導演的語調，插手這部戲。

他是演員的父親，蹲在荒野，一臉炭焦。
在上帝的這部戲裡，他是另一個失孤的兒子。

7

化妝師有兩套假髮。
牛背上的孩子有一個替身。

巴拉河[1]在山坳中將所有石頭磨得鋥亮。

星月都壓在石頭下，聽——
母親正在低述。

山泉也加入這行列之中
魚蝦起舞，河水在深夜冒著熱氣。

8

烏鴉也有順從的時候。

在一棵精心設計的告別的樹上
沒有振翅，沒有懸念。

我們都對意外感興趣。
我們都不知道下一個棋子在誰手裡。

我們有時也會精心佈置棋局
比如，將一隻烏鴉捆綁在樹枝上。

9

劇場是一個圈套。
夢是另一個圈套。

我們為自己建造，也為自己拆毀。

日月是唯一坐標
通常，我們都在月光下做夢，在日光下夢遊。

有時也正好相反。

我們睡著時鐘擺自有次序
一旦蘇醒，過去的時間也是未來的時間。

攝影機到底在誰的手中？
執行導演的背後還有一個導演。

10

飛不起來時
還有夢。

有時，我們在腳手架上飛
風很冷，但頭髮不能亂。

飛，的確需要排練，一遍又一遍
最後，還需要特效，才可以離地面遠一點。

濃霧，讓人淚流滿面
它又是必要的條件和完美的掩體。

11

盲人坐在自家門前
他有自己的河水。

瀑布百米，深潭千丈，盲人有自己的樂器。

白晝和黑夜毫無區別
有人經過，或無人經過，河水仍然還是河水。

瀑布有時也是門簾
所有事物都會跨過門檻，沉入潭底。

盲人在河邊唱歌：
路過的孩子，他是一個孤兒。

12

一群人在峽谷中，路也是大路。
只需一天，房子就有了，菜園就有了。

有人種菜，有人劈材
第二天，峽谷就成了村莊，石頭也重新排位。

第三天，爐火炙熱
孩子在火焰和灰燼前入夢。

峽谷中，河水也是傾聽者
我們也有一個俯瞰機位，看——
薄霧如何在星光與河水之間拉開帷幕。

第七天，一個界限。
這畢竟是一次戲仿。

所有事物都不可能按序重來
戲都已完成，廢墟就是峽谷的新貌。

13

即便在同一場戲中
我們也無從得知，難以會面。

上帝有很多種筆法
沒有人知道一切是否是按章行事。

只有僥倖被供認不諱
一個人被河水帶走，又被樹枝挽回。

一個人坐在牛背上，而
牽牛的繩子在密室之中。

我們有很多種設計方案
還是難以控制烏鴉從戲外飛來，又飛出。

14

總有人最先移出峽谷。

每個人都身懷廢墟，卻有眾生夢幻的街頭
他們乘坐同一趟公共汽車，又有各自的站點。

他們中有啞巴，也有瞎子，有人母，又都是孤兒
手握方向盤的人悉知一切。而

從起點到終點，卻沒有另外一條路。

15

魚被拖出水，羊被扼住咽喉，刀有很多種款式

刀有時在我們手裡，通常被懸在頭頂。

我們給魚烈火，啃羊的骨頭
桌面擦得十分乾淨。

這是一個反覆上演的劇本
我們都是編劇演員觀眾三位一體。

二〇一九年十二月黔東南苗族侗族自治州凱里市初稿，清邁定稿

[1] 巴拉河為清水江支流，在貴州台江、凱里、雷山等縣境。

組詩

素貼山筆記

圖說：劉曉萍／短暫的身體

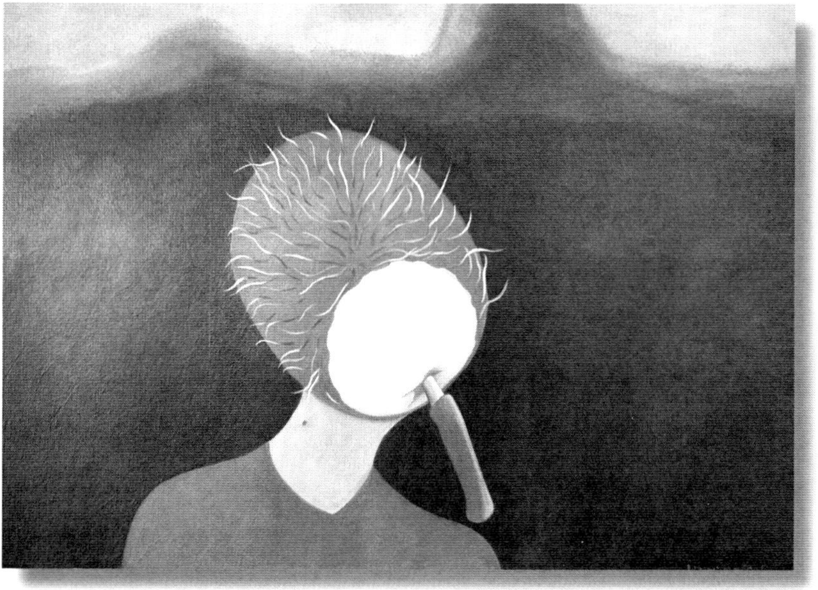

NO20200106

廚房洗碗，斜陽跳到玻璃窗上，一小團火。
她的水龍頭時快時慢，剛好可以除淨汙垢
室內外光線不太均衡，但可以相互抵消陰影。
喧囂逐漸退去，枝頭鳥歌喉清朗
日暮的交界線逐漸清晰，肅靜變得隆重。
一隻灰鶴在菠蘿蜜樹的頂端
它有渾厚的爆破音，逸出一根枝條在池水上
漣漪中運動著，彷彿指針逆向旋轉
她安排好所有已洗淨之物，擦乾手
到了亮燈的時間。她看見每一個角落都有光
轉身上樓，加熱一壺新茶
她和素貼山面對面坐著，想起已去過山頂好幾回。

NO20200111

「請幫我的門留一條縫」他對神父說。
在這之前，他去了棺材店，和墓地
他選擇土葬，一口綠色棺材
他正在練習禱告，作為一個已經癱瘓的殺手
他仍有嫻熟的技巧，為自己準備好一切。
作為觀眾，這一切遠未結束
我們有神父一樣的企圖。
就像此刻，我坐在暮色籠罩的空房子裡
眾鳥點亮枝頭，並送來一段和紘。

NO20200116

林中小路，她走得很慢，時有停頓
不可預測的是拐點，50 度斜角，90 度直角
更多陰影，或陽光從枝葉間垂直而來
沿途，都是林中故事，陽光也是陽臺。
她觸到一雙手，像一塊過於甜柔的太妃糖
完全被祕密所充盈：沉醉也像窒息。
如果這條路一直在密林中循環，她不會醒來
如果繞過晚餐中的檸檬，也就繞過了記憶，歧途和夢。
從最新拐角出來，她推動了那些浮木。

NO20200208・上元節・父親忌日

已經沒有多餘體力支付深夜篝火
為小兒讀完睡前故事後，稻草人一樣鬆散。
隱約又見父親的棺槨，想起這十六年
如何一寸一寸化作泥土。以上元節為起點
慢慢抽走織進我生活中的那根絲線，
又替補進另一根異色，直至看不出這個漏洞
想起這十六年來，風沙如何將我打磨成鈍刀
對生活再無一絲叛變。生命饋贈者缺席後
仍有幾個魔法時刻，將衰老遍及萬物。

NO20200216

黃昏，小兒在房間內奔跑
跳繩。他用一疊紙壓住尺子一端
另一端交給我，自始至終
我都在努力讓尺子保持平衡
努力將我的手維繫在一疊白紙的另一端
努力聽，他琴弦上歡快的
赤腳擊敗越來越昏暗的光線，奔向平衡的尺子。
與此同時，整個午後我都在與昏聵抗爭
像不能轉動的齒輪卡在過度的咬合力中
等待，他從尺子一端遞來的禮物——

NO20200301・Covid-19在武漢

清掃完院子，她向孤立於枝頭
發出銅鑼之聲的黑鳥附和著銅鑼之聲
走進屋，一如往常，她開始準備晚餐
反覆清洗兩隻佛手瓜，切成薄片堆積
在砧板上。落葉也是這麼堆積
在每一顆樹下，風來，雨來，化作一團白霧。
帝國的這個春天，每一片落葉都是亡靈的倒影
白肺掛在枝頭，化作白霧絲絲縷縷。
遺言要說什麼呢——
將瓜片推向油鍋之前，她愣在那，刀已嵌進血肉之中。

NO20200308

急促的晚餐，餐後獨自慢條斯理的清洗
這一切，都在同一個內室。
作為一個照顧靈魂遠多於腸胃的人
她有世間無能為力的饑饉，一直走在邊境線上
該如何接過別人的那杯殘茶
唯一策略：清洗。就像她慣於替身鳥鳴
在內室。浮雲沒有邊界，風梳理著枝葉，密林，
近處的田疇和遠山，僅有明亮的
裝飾音是不夠的。魔法的吹笛人也吹起砂礫，
直到邊境，安慰從何而來——
除了自然，泉水和愛。

NO20200311・畫邊記

重畫一張菩薩臉，顏料洗了又洗，還是髒了。
今日重度霧霾，從社交平臺到素貼山——
挖井人還在牆外尋找新水源，枯竭
養育你我。江山和灰燼，本來就是同體多面
得知真相，又可以洗乾淨手，重新上色。
小兒還是沒有放棄幾枚糖果
「你不能剝奪它們。」他對我說
作為一個有缺陷的人，要畫出菩薩像
眼，鼻，耳，口，總會出現敗筆。
小兒還在尋找糖果的路上
我還沒有學會正確對待：糖果，危險和愛。

NO20200312・畫邊記

井水停在井底，外面的世界越來越髒了。
有人來訪，追問以前的消息
他不知道流逝就是競選，更多石頭滾落
更多瓦礫被粉碎。整個上午她在
看不見的古老園林之中，獨自挪動置石
她用油彩，又軟又細的長毛筆，和一把尺子
她重新栽種松竹梅，用十指纏繞的藍手套。
在信息大爆炸時代，裂隙中才可見生命
就像井水被抽上來，維持著所有循環。

NO20200319・Covid-19蔓延

落日前，還有群峰聳立
長夜後，只剩下白霧和曠野。
你我 3 尺混沌，灰燼在每一張臉上
接力時代的完整拼圖。
灰燼在竹林中，十步毀一劍
漫山遍野的廢鐵裹住我們的後腳跟。
濃煙一天削平一座孤峰
你我掏出肺腑，白茫茫，都是各自的盡頭。
最難的還是語言，當它替魔鬼效勞
你我一天獻祭一次口罩也沒有將自己贖回。

NO20200404・清明節

這一天屬盲人和啞巴
聾子和收割機。
這一天不可能從呼吸機和骨灰中分離出來。
（我們在自己的廚房中都是藥劑師，
在自己的浴室中都是傀儡和暴君。）
墓塚和整齊的酒杯擺在一起
這一天哀悼是一種寄生產品
它盜用了本該能區分生者和死者的痂蓋。
這一天灰燼就像一則通告
它去了自己也不知道的地方。

NO20200408・給雲遊者一封信

這個 4 月，我要丟掉黑暗這個詞
亡靈者燈塔在海上，倖存者燈塔在山中。
曠野如此繁茂，為穿過荊棘的人守在那——

我將重新定義殘忍這個詞，在 4 月
禱告者四壁中流亡，靠近火焰的地方靠近棺槨。
用清水灌滿深淵吧，逃難者需要洗臉聖父也需要洗臉。

骨縫中再有回音傳來：雨
又開始了它的演奏，將落英推至前臺。
我一天中有兩種虛幻：蠟燭和紙牌——

在任何事物中，生命和監牢各自不量力
當我們擁有語言，廢墟也設法重生。
它喜歡晚間濃蔭，反對骨縫中帶刺的恩惠。

NO20200413

魚在砧板上
喘氣，極限之鰓中
還有翻身餘地嗎？
我第一次也是最後一次
殺魚。已經過去了 15 年，
彼時，我喜歡辛辣。
水煮魚是一道名菜
頻繁出現在公共夜宴和私人夜宴。
如今，我是一個異居者
徒手折斷空心菜仍有餘悸——
晚餐前，又看了一遍攝自武漢的一段視頻
那位年輕人從 ICU 醫生手上接過他父親的
遺物，隔著柵欄和防毒面具問：
「我爸爸、他有沒有說什麼？」
遺物在他手中猶如一個漩渦——
就像此刻，我望著大片垂下頭的水稻
在收割機到來的倒計時中一點一點擠乾自己。

NO20200418

眾鳥例會在深夜 22：35 分進行
這裡是密林，也是曠野
燈亮在鏡中，也向密林和曠野投去微光。

眾鳥各自爭辯，又被音質不同的合唱推翻。
它們不使用頭腦，使用心靈
它們服從於密林，僅屬自己。

晚餐時小兒問：什麼是教堂？
我應帶他到密林中去，小徑上都是鳥鳴
比任何意義都令人著迷。

當我從菜市場回來，穿過一座寺院
我第一次向一個人長久凝視——
倘若沒有鳥鳴，沒有微光在密林中遊蕩
我將感受不到審視廢墟的逸樂。

NO20200426

為了對抗她去菜市場。
她去菜市場，還是要走一條小路
風暴剛剛過去，枝頭物都已倒身在地。
青灰色的竹林和魚販的網兜一樣媚俗而保守

小路無非個人自由主義
剔盡綠葉的鳳凰木花朵正如嶄露頭角的新納粹
枝節橫生又將小路裝點得極為濃豔
正如肉丸湯麵中混淆味覺的魚露

糟糕的調味品並不能因饑餓而得救。
潔淨的胃囊等候泉水
仁慈的耳朵等候韻律
羞恥的眼睛等候的是動人的誠意——

她去菜市場，水中魚與餐中魚
已無法根據油鍋，肉鋪，一把長刃刀判斷真偽
她去菜市場，純粹是為了哭泣。

NO20200506

黃昏的池塘令人發慌。
一個定格鏡面遍佈噪點
泡沫，風暴和被霜雪擊打的翠鳥的
倒影遺址一樣消隱於藤蔓之中。

告訴她，覆蓋淤泥的池水和向後窺視的
目光之間有一個共同的尺度。
時間的本質就是羞愧。

保持著羞愧
她有一把快刀。
明亮的事物在一邊
晦暗的事物在另一邊

她繞池塘漫步
清晨的景象和黃昏的景象如此不同
又都匯合於腳下。
有什麼東西在加快沉入池底
成為她揮刀致意後的樣子。

NO20200507・畫邊記

畫到窮處
骨頭顯露了。
斜坡，骨頭遵循反重力原則。
作為遺址
我對骨頭是有戒備的。
它那麼容易撼動人。
猶如十字架上的釘子
讚美詩中的長調。

NO20200508

總會忘記還有幾隻杯子在原地。
她獨自轉圈
檢查每一扇窗戶和門
用舊報紙蓋住汙跡。

壁虎總是垂直向上或向下。
偶爾從門縫中經過
又慌張地拖走半截尾巴
釘子一樣尖細孤獨。

燈最後總是要關的
就像死亡會問候每一個人。
她總是在清洗
不知困倦。

最後她會找出那幾隻杯子
區別開你的，我的，他的。
又同時安放在同一個濾水器中
轉身，黑暗中獨自上樓
就像剛剛降世。

NO20200517

我們通常在底樓。
夢的緣故，會再上一層。
燈並不是必要條件
有些人在夜晚目光如炬
有些人白晝雙目失明。

夜行者蜥蜴盤踞在天花板上。
有時也會挪走燈前
發出四聲喟歎
一個箭步就能剝光鼠皮。

我們愛慕翅膀
總在夢裡飛。
群鴿在屋頂築巢
拉屎
也在屋頂漫步。
當我們在樓上
通常被鴿子從夢中驚醒
它們用翅膀撞擊著牆壁
聲同爆破
其激烈又似獻祭。

我們無法理解這種撞擊

這撞擊日復一日保持著原樣。

夢無以為繼

這根本不是一個難題

而是一種荒誕。

NO20200707・畫邊記

我努力控制轉身的弧度
清晰而疾速的光亮沁透枯枝
無需回顧，寂靜是我們最後的依靠
此刻，我在小路上側耳傾聽諸神的歌聲——

春風繞過這條小徑
她在鏤空的鏡子裡
作為忠於暴動的灰燼的獨裁者
她急於說出這荒蕪

NO20200720

寺院是一條必經之途。
她從這裡出走
又，由此歸來。
有時完全是一座空院
有時誦經聲收走全部鳥鳴
搖曳著叢林
又在溝渠上使流水轉向別處。

她經過此處
隨手完成這幅攝影——
僧侶向前推進著掃帚
落日擴大灰塵形成團塊將所有面影捲入其中。
黑色小飛蟲突然狂舞
借助掃帚的力量使自己靠岸。

清潔的路和被汙跡籠罩的路沒有明顯分界。
如果她提早到達此處
年幼的僧侶還在安裝那扇門
他們還未找到固定軌道
她將全力協助他們
讓門敞開，在門不能被動搖的位置。

NO20200722

開車出門，兩朵緬梔子趴在擋風玻璃上
猶如兩支長號，隔幾秒顫動一下。
我並不是開始就注意到了她們
擋風玻璃上還有落葉和泥漿。

日光之白過度曝光了緬梔子之白
她白成黑影。不斷在擋風玻璃上滑行
是顫動抓住了我，那倒立的
10 個花瓣上都是語言。

總有某個彎道難以平衡
在連續拐彎中，落在臉上的風也是重擊。
兩朵花在拐角突然化身兩隻蝴蝶
在擋風玻璃上輕輕觸擊，旋即飛離。

我被這幕驚呆了。這是一條沒有路標的小路
我喜歡踩剎車的習慣完全出自於自省。
就在今天，為了給草光線
院子裡砍掉了 2 顆樹。

我知道沒有花會開在擋風玻璃上。
在啟動引擎的那一瞬，我聽到
一個消失了很久的聲音，他和緬梔子花一樣白。

我從未計算過，他與我同行了多久
又在哪個拐角突然飛離——

NO20200726

收拾好晚餐杯盤，這一天才有寂靜。
群鳥從密林中出來
息在枝頭，又各自獻出懷中曲調。
沉迷於自己教堂的人聽見這交響
也會奮力擦拭手中樂器。

這是被落葉用盡的一天
生長和衰亡都站在掃帚的對立面。
一把快刀在砧板上
上下翻飛，可以剁碎從眼中滾出的晶體。
擺上桌的鮮花還可以提供一幀完美影像

有必要重述這些夜宴嗎？
所有調味品擠在一起不可避免會扭曲細節。
一個人將杯盤留在那裡
並不再回味盤中滋味才能成為探險者。
如同小步舞曲和現實截然不同

珍視樂器在寂靜中維持它的孤旨
曲調的轉換才是清晰的。
她並不在意與竊聽者分享幾聲天籟
對清掃落葉來說
失群的樂手會將標本放在獨立而無需打開的櫃子裡。

NO20200727

落日幻術般撤退
最高山峰也沒入暗影之中。
埋首杯盤的人在此眺望
似乎正在觸擊一個全面掌管者的開關。

萬物各有羅盤。而
漩渦統治他們為同一種光芒效力。
也可能是同一個黑洞——
你看，酸辣苦甜裝飾著每一張臉
和這個球體一樣反覆自轉卻牢牢抓住全部贅物。
光和黑暗都有各自傀儡
當杯盤上都是裂隙
所有流動的東西從未遷移。

群山都是障礙也提供享樂。
當杯盤觸及無限時
廢墟掌控的桌面會旋轉得越來越快。
有沒有一兩樣事物寡淡至極又令人寬慰——
讓旅人們毅然前行有如趕赴聖餐。

NO20200820

每一條路都通往過去
今天她又在這條老路上歎息
陽光和暴雨交織在一起
誰可以拒絕最後的脂粉留給自己一個乾淨遺容？

只要上帝的工作還運轉正常
我們就可以好好談談
這由語言來引導的幻覺，這無效的隱修狀態
吊燈在沒有食客的餐廳裡蒼白高懸
誰依靠在誰的身上都是命懸一線。

深淵來自於她對餐桌的凝視
那些雞翅和魚骨
從不能從油鍋中逃脫
最後遺骸又被丟棄在不斷內陷的沼澤地——

「這無限空間裡的永恆寂靜讓我驚駭」
這條路上也有一些令人寬慰的事物
她還有一些精彩攝影
有上帝不及的專注
在暴雨，灰燼與塵沙的背景之中。

NO20200821

稀粥中也有餘味可供咆哮。
咆哮是向內挖掘的
紙面人都經不起徒手一搏。
如果深夜有雨
泥淖便毫無協商的餘地。
總要準備一些油彩
為漏洞勉強一搏
為雨中鳥鳴留出一些側影
看，綠葉落盡而繁花滿枝的緬梔子正在制一把新尺。
從模仿灰燼的幽靈到收割機下的草叢
你知道咆哮從何而來——
我一直在稀粥中獲得寬慰：
說起溫和的巨鯨
沒有一種事物可以毀壞胃口。

NO20200927

苦瓜剁得爛碎
味道都散發出來了。
你看壁虎在天花板上瘸著腿僵在那
彷彿這裡是地震中心
還有餘震頻來。

這是一幅暮晚的肖像
她說是暮晚
其實也不是。
衰變與花蕊混雜在一起
你看晚霞纏住山巒
用最奪目的光為黑暗抗辯。

一旦苦瓜被時間夾住
坍塌的事物還會重新坍塌一次。
只有壁虎知道誰都夢不到它
只有無根藤蔓死後仍然存活
然而在低處，棕紅色的酒杯已被斟滿。

NO20201207

小兒對著樓上正沉浸在喪父之痛的父親喊——
「爸爸，請幫我開燈。」

他又轉身走了出去
他私設的靈堂在碎石堆上

此刻，他只是悲慟的兒子。
而，作為獨自跨出門的父親
他不可能聽不見這叫喊——

「爸爸，我需要你的幫助。」

旅行拖車禁止入內
——也寄生日

菜市場也有表演。
他們從各處來
沙灘，盥洗室，嬰兒車和毛胚房。
她剛從江邊起身
船隻竟流而上
黑森林一樣密集
浪濤翻滾
淹沒這場閒談。

在這之前
她是一個訪客
更有人早已抵達她所要抵達的處所。
她坐在陳舊的沙發上
看著時間在每一件物體中流逝。
失神的時間，被篡改的時間
脫離了內容和背景的時間。
她坐在那
就像一個糟糕的傳記作家正在接受採訪。

不得不去一趟盥洗室
給鏡子
擦掉一些汙跡

必須要從這裡出去。
她將要遇見誰：
病癒者
瘸子
總想窺探祕密的詩人——

她就坐在菜市場對面。
重拾這場閒談
人群相向而聚散
有很多交集又消失於彼此強烈的折射。
她即將要被一個呼喊聲抓住
所有過往者中最久遠的一個
已是另一副面容。

她即將要被認出
即將得到旁證
在流速不均的菜市場對面
皈依者詳述著遺落的一切。
並試圖考察時間的本質
她潔淨的臉上不可碰觸的灰霧。
關於遺忘和愛
菜市場還有另外的敘述。

二〇二〇年九月十五日

冬天，我也曾去過妙覺寺

作為佛陀的傳話者
你問得過於顯露：
苦嗎？
苦難道可以從必然物中抽離？
我只能告訴你
我剛從一個人的靈柩邊回來
那潔白而靈巧的長方形盒子感覺隨時都可以飛
它的確要飛了
越過所有藤蔓，屋頂，枝杈，山脊
瞭望塔，雷達，和航線
飛到烈日的盡頭。
苦是什麼？
灰燼的反面，或者冰面上的脆弱的平衡？
是的。隨時破碎
並不是我們這顆經過多重設計的心
步履之下並無磐石。
漂浮並不是從靈柩邊開始的
它始於搖籃。

看，你我都赤腳經過荊棘，密林和沼澤地
經過惡龍的囚室和猛虎的踞地
經過豐饒的夜宴也經過災年

夜晚的行程總是多於白晝
為了從更高處取水
我們也被巨石鞭撻
隨時隨地大鐘就會敲響
可以切開一切的鐘聲可以為苦祛魅嗎？
靈柩也形態各異。
最終都會飛。而
與靈柩一牆之隔的
孩子腳下的滑板車卻有逆光的一躍
在擺滿遺照的院外
滑板車不斷翻轉不斷反轉
只有橡皮筋戲謔地挽住腳踝。
在擺滿遺照的院外
童稚的臉發電站一樣無有定法。

還是來談談那些裂隙吧
假如我這一刻還在夢中
我的耳垂上有一隻木栓已經鬆動
你在我夢外大喊：
棺槨已經起身正趕往應許之地
我將以何種面目睜開眼睛？
我將要托運的包裹將如何找到它的收件人？
我締結的蛛網將如何收攏那些絲線？
縱橫交錯啊
琴弦與山巒，疆域與扁舟，夜晚的燭火與壁虎的歌——

江河泥沙俱下
浪濤從不觸及淤泥
在群峰都不顯露的深海。

二〇二〇年十二月六日

圖說：劉曉萍／時代肖像-1（左）
圖說：劉曉萍／時代肖像-3（右）

組詩

無有物指南

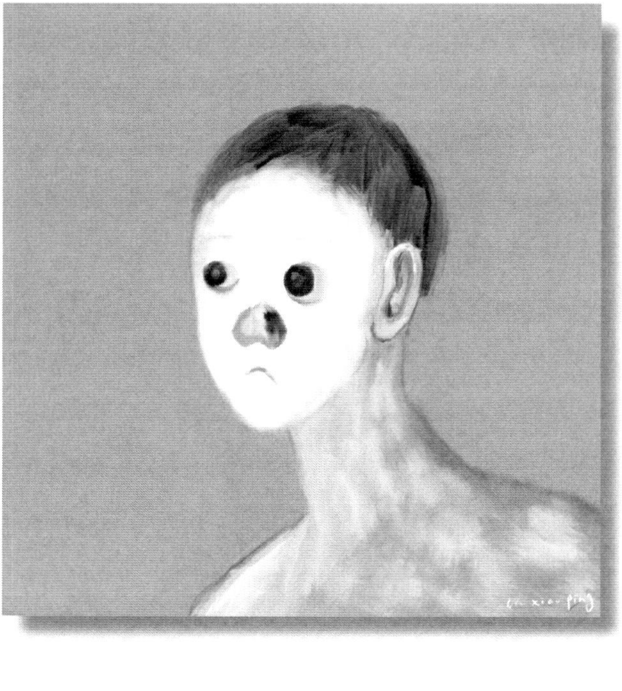

鮮花指南

以深夜曇花為例
獻祭再明顯不過了。
我最近一次看她們撥開夜色
仍俯首於狗舍一角。
談珍惜總令人傷感
在她們的影子裡，藤蔓交錯
各有各的扭曲。
更不要說枝葉上汙垢與蟲洞堆疊
守護這個詞多麼亟待重新釋義
佔有和摧毀總有你我想像力不及的尺度。
需要論證枯萎嗎？
陰影廣泛而專制
衰變也是最高機密。
都說繁花可以撐起天空，而
她們只是孤立無援的每一朵。
花都是聖父聖子聖靈三位一體
花瓣凋零，暴君和獨裁者就降生了。

牙痛指南

顯露在外的骨頭向內傾軋的時刻
所有吞嚥物進入靈魂的時刻
電鑽在心臟工作的時刻
嘴貼上封條的時刻

如果用爬山虎的灰
潛望鏡和烈焰就是孿生
歷史上夜宴都是由草藥烹飪
唯有糖果獨立於邏輯和因果之外

夜路指南

路口一旦沒入夜色
妖怪就盤踞在此開會
只有壯漢敢驚動他們
還能在博弈中險勝
泥濘小路
白天交給牲畜
晚上交給鬼神
住在陋室中的人看天行事
明月高懸
鬼怪也要退避
讓走夜路的人過去。
走夜路而斷臂者
就在背房梁下山者和棺槨商中間
因風斷臂
這總像一個傳說
而斷不見血者卻有眾多目擊證人
他們都是啞巴。

組詩

竹子村筆記

圖說：劉曉萍／時代肖像-7

NO20210403

這是消逝的第 101 首
被泥土深埋的詩。
它像脫水的卷柏一樣頑強
四處漂泊，尋找復活的水源。
它要將磨刀人從深壑中拉上來
再次成為蜥蜴和僧侶的鄰人
它將為孤島行者頒佈燈塔法典
為靈柩邊的禱頌公證失效的花環。

它的殘骸是從最後這一行上被復原的：
悲憫要給在命運的羅盤上不知所措不知所蹤的人。

NO20210408・一封信

再一次：失語症
擁有它獨立的空房間
自鳴鐘卻已航行在遼闊海域。

隔離紀元持續了這麼久
入殮師的化妝術業已失傳
是的，我厭惡最後那一場塗脂抹粉
烈火可以寬慰的事物會在烈火中永生。

願我們的骨頭始終潔白
灰燼也不能推翻它們
我也將在那條通往烈火的小路上從容地走著。

NO20210517

雲團擠走繁星
所有枝葉都挽住對方
一起湧向那個孤立的人
洗淨所有杯盤後
壁虎為她帶路
四壁向上延伸還有
更高一層
蜂鳥都已歸巢
又將舌頭伸出各自枝頭高頻地轉動
不斷下墜的山體被拉上來一寸
還魂草就在這反重力的一寸中復活
她坐在合唱團難以確認的內室
獨自彈奏
這一生之中的另外一生

NO20210617

夜幕下，一隻撞牆的鴿子
一隻集合了所有力量的定音鼓
萬籟俱寂，一聲碎裂。

清晨，一隻垂死的鴿子
蜷縮在迴廊上，蹣跚
來回蹣跚，頭懸在禿翅間
擠出留戀枝頭的最後一坨糞便。

醒來後，一隻等待埋葬的鴿子
乾樹皮一樣擱在池水邊
池水也來自流水，但不動
此岸是塵土，彼岸也是塵土。

NO20210705

時速 100 公里，快不過中年
暴雨瞬間從山腳倒扣住山頂
狂風捲起一切，並不會清理。
碎礫也會寬慰碎礫
缺氧的中年也可以在亂石堆上入睡。

隔壁就是寺院，也有獨自屏息的
僧侶，在岸邊挪動失效的鐘擺。

還是會有場茶敘，在黃昏之前
在古老生物鏈綿延至今的網中，位置多麼重要
手攜幼崽的母親還沒有資格準備她的遺囑
一杯水足夠了，冷熱都是同一種外觀。

可以相認的語言極其稀少
當僧侶走出寺院用衣缽說話，和所有喪失者一樣。

落魄並非個例
暮晚有均等的良藥，均等的灰燼
焦渴的人會自己去往河邊
「溫馴的人是有福的，他們將繼承大地」。[1]

[1] 引自《聖經》馬太福音。

NO20210713

傍晚切碎一隻檸檬
這一天更顯完整。
作為一個晚霞拍攝者
她從不牽猛獸出門
翅上劍痕，花蕊毒汁，鹽中糖果——
池水紋絲不動，審判他們寬恕他們。
有時，她攝下的晚霞邁出了這個世界
有時池中動盪，晚霞就是一場終結。
檸檬只是補遺
在火和灰燼分批裹住峰巒之間
在光被剝奪的曠野而必有人掌燈之前。

曠野詩章

1

一切都擺上桌
無非，杯盤

請不要在它們身上耗盡悲憫。

跨過這個門檻就是曠野。

大火會再次點燃
你看野草。
你看
灰燼。

2

除了枝頭
沒有更高的事物。

有時鳥巢突然從高枝墜地——

沒有完卵。

你定會猜測
上面情形。

我詳盡周知過許多緣由
最終發現新的綠葉新的枝頭。

3

我每天從兩顆已斬首的樹之間出入
總懷僥倖之心。

曠野也有密林
林中木也有不得已的顯露。

我從它們已枯竭的身體之間擠過去
每一天都是逃犯在逍遙。

4

曠野中沒有時日
有的是青黍遍地，開過花
垂下頭，瞬間金黃。

曠野中不必談論枯萎。
水與火共生
你見烈焰時也可見清涼。

有鶴穿梭其間
款款深情
既不唱歌，也不振翅。

5

螢火蟲總在密林中引路
這行動的身懷孕育的燈塔。

蟋蟀們唱歌，各隱其身
這是曠野中的平均律。

曠野中無懼崩塌
泥土在下翅膀在上。

黑夜仍有均等的恩惠
蟋蟀們會在暴雨後到燈塔中去。

6

曠野無劍
也鮮有劍客。

草木的舞蹈從早到晚
利劍化作飄帶。

挽起你我同樣鵝黃翠綠。
該開花時開花該張目時張目。

7

殺魚者轉身便升起爐火。

留下鰓
泡在水槽之中。

多像馬廄中的耶穌剛剛降世。

只要水龍頭擰開
洪水就可以漫過屋頂。而

眾神從未涉足之處
正是人類的下水道。

8

曠野中多有靈敏的耳朵
而舌頭從不周轉

既不發聲也不移步的灰鶴是我的鄰人。

牠單腿站立
泥淖染腳，還有乾淨的另一隻。

有時我起憐憫之心
鼓動牠使用翅膀。

牠卻低下頭將長喙伸進泥淖之中。

9

每一個在林間草叢縱聲的歌喉都是潔淨耳朵的鄰人。

不要問我有什麼鄰人——
變色龍在廊簷，壁虎在屋頂，蠍子在龍船花下，蜈蚣正路過泳池。

我從不談險境也不談悲憫。
我躬身取水沒有用一點漣漪來謀取聽眾。

10

密集吊燈亮在曠野
近山和遠山都只剩下廓影。

我知道有很多人來過。
來過的人都留下一盞燈：

他們寂照曠野
讓經過此處的人沐浴在來自彼岸的光中。

二〇二一年六—七月

鐵桶與落日

1

誕生於馬槽邊的受難者
在東方，只剩下半截舌頭。
鐵釘，也有很多種幻術
環環相扣在一起
狡猾，善於偽裝
一個接一個釘進咽喉。

饕餮者反覆裝飾著地獄
也為自己定制人形面具
袖管中的刀一秒就可以割斷一個舌頭。
請不要在遺址般的口腔中談論殘忍
那已被連根拔除的牙齒
已連根吞進肺腑。

鐵釘成為一個禁詞
巨大的鐵桶日夜消耗著它。
我們至今都沒有看見受難者的真容
只有廢鐵從街頭湧進湧出
只有縱火犯高舉著人類的灰燼。

2

割術一直是帝國特技
以前割陽具
如今，割舌頭。

落日打開又黑又硬的雙耳甕
在這裡，每根羽毛都在接受十字架上的極刑。

落日沒有雲翳，攀附著最為陡峭的岩壁
它令塞滿廢鐵的子宮嚙合在加劇的病疫之中
並啟動死者的印章
和墓塚中的社會機器。

3

群峰被釘住了。而
睡著的人還在溝渠裡收藏古代宗廟。
落日在一把金色的椅子上幽靈般閃爍
魅影亂真，的確可以上演好幾個劇本。

這消滅語言的獨椅子的密室
只有鐵桶結構才能為其譜寫讚歌。
當落日從最幼小的水手身上分離出自由
丟失導航儀的白鴿子
也已進入自由意志的盲區。

在十米一個監控器的帝國
落日早已在技術上脫敏
提前釋放出成噸的黑色的東西。
「無人再次從大地和黏土裡捏出我們」。[1]
而懷抱嬰兒的母親
置身我們視閾之外滔天的昏暗。

二〇二二年二月二十八日於竹子村

[1] 引自保羅‧策蘭。

109個空蕩蕩的嬰兒車

我在白晝儲存緘默，黑夜中踱步
消耗殆盡。鎧甲上的漏洞太多了
多過壁虎在暗室的獵殺，爭奪，
多過鴿子在屋頂丟失的羽毛，
多過豹紋蜥蜴撕咬雲雀扯下的碎片。
帶血的碎片在第聶伯河流淌，流淌，
將世界分割成截然相反的兩條堤岸。
大爆炸無處不在，流氓無賴搖身變成君主
請用第聶伯河藍黃色的河水，縫一件冬衣
這是全體人類的冬衣。
戰火像追捕枯枝一樣追捕它
讓它屈服而被囚禁。
這是凍土即將融化的 3 月
為愛赴死的第聶伯河丟失了它最心愛的東西。
這是人類黑雪堆積的邊境
疼痛總是從一陣痙攣開始的
從指尖到肺腑。
疼痛用盡了曠野
丟下 109 位心臟被掏空的母親。

題記：二〇二二年三月十九日，烏克蘭用 109 個空蕩蕩的嬰兒車，悼念被俄羅斯戰火奪去生命的 109 位兒童。

二〇二二年三月十九日於竹子村

為傾聽者加冕

1

作為一名聽眾
我在樓上亮一盞燈。
芭蕉成林，供露水和月色定居。
曠野，在我的精神世界中
比現實世界更加遼闊。
密林，這是依靠——
我依靠每顆樹，
每種根，每粒種子度過長夜。
每個枝頭上都有嘉賓
這是密林中的雅典學院。
作為聽眾
我為耳朵中的真理咬緊牙關。
我在他們的枝葉之下
和螢火蟲一樣亮，局部的光
和局部的陰影——
這些聲如洪鐘的飛禽：
倉鴞
鬼鴞
草鴞
雕鴞

領角鴞
林鵰鴞
灰林鴞
褐林鴞
烏林鴞
長尾林鴞
東方角鴞
縱紋腹小鴞

2

為一種殘忍
醒過來——
這是一個沉睡了很久的
人的高光時刻。

一隻煙灰蟲粉身碎骨前追光的確認自我的飛行。

3

折紙術早已進入密室
紙人，紙牌，紙飛機，還有紙屑式的
濃霧。這裡沒有時空
只有客機和戰機
旅客們高空墜落，來不及談論上帝。[1]
卒子將導彈送給那些不曾謀面的人。

仇恨是僭主的臺詞，而
悲傷從未放棄過眾生。

這裡，十字架是一張白紙
在荒蕪中飄蕩，
飄蕩，裂隙將教誨引向前去。
禱告者慣於下跪，連磕三個響頭
轉背就成為告密的人。
紅，黃，綠，他們交替使用
他們在密室中模仿上帝：
在每一座城池裡仿製方舟，別名方艙[2]。

折紙術早已進入密室
紙人，紙牌，紙飛機，還有紙屑式的
濃霧。這裡沒有時空
只有客機和戰機。
一張紙牌露出來，有人說
機翼已經解體。
更多紙牌露出來
瀆神，瀆神的
卻比雜耍者更加多端。

4

為一根針刺進人體而赴死的
蜜蜂，是真正的懺悔大師。

它懺悔，交出生命和遺產：

鮮花和蜜。在人類轟鳴的落日中作出重估一切的抗辯。

二〇二二年三月二十三日於竹子村

[1] 二〇二二年三月二十一日東方航空公司一架B737-800NG客機在廣西梧州藤縣墜毀。

[2] 自二〇二一年新冠肺炎（COVID-19）以來，中國為收治病人建設的集中隔離場所。

廚房筆記

1

剝洋蔥
廚房媽媽的終極考驗
你要知道剝到第幾層
必須抽刀而出
快速拉起帷幕，隔開孩子。
眼淚，始終只是私人調料
盤中餐難以下嚥時
炒爛的洋蔥，和
未剝盡的洋蔥都將同時吞進肺腑。
你還要洗淨杯盤呵
孩子在晚餐之後還需要一個夢。

2

煙灰蝶扒在廚房沙門上
這成功的越獄者。
回頭看
這個牆多門少的內室
一個人始終不願出來？
她踱步，反覆踱步

在四壁之間移動
日復一日
有時杯盤破碎一地
有時油煙讓她整個人都消失了。
她沒有翅膀
也不能走進窄門。

3

洗一根絲瓜
它彎成問號，整個身體上下扭曲
還有幾個蟲洞。而
花花還沒有蒂落
被緊緊抓在頭頂
還是怒放的樣子
留著新鮮花粉。
這是一幅廚房肖像
它讓打開的水龍頭徹底失控了——

4

準備晚餐時，小兒坐在馬桶上
盥洗室關著門
各種調味品擠滿桌面
一隻螞蟻扶住熱鍋
感統失調。

小兒喜歡坐在馬桶上隔牆對話
「媽媽，我今天放棄了棉花糖
因為獎券更好。」
扶鍋的螞蟻顯出人形
是啊，調味品都經不起推敲
唯有獎券才是人間食糧。

5

曠野中
落地窗將密林引進廚房。
鬼針草在窗前盛開時
彷彿風為飛雪都找到了據點
密林中有潔白
廚房裡也是一個潔癖症患者。
有正午暗如濃夜之時
風暴也會擊碎門框
這時，鍋碗撞擊之聲都被裝進了消音器
就像獨木舟在汪洋之中。
那個集水手、大副、領港人和船長於一身的
人，披頭散髮的火神一樣
夜以繼日，追尋著巨鯨。

6

絕望的人孤島折返

唯有廚房門敞開。

刀和砧板古董一樣醒目
又散發混合魚腥氣的惡臭。

日光將最後一根遊絲牽住枯成石塊的
檸檬，當你試圖打開它時，天完全黑了。

7

慢火燉鎧甲
人間至味。
是啊，持續高溫的確可以融化一切
鐵也可以只是一種元素
委身於根莖植物之中。
當日常被褻瀆味蕾的大雜燴刺穿
最難以下嚥的
菜品，也可以在料理機中化作汁液。
你知道，要在餐桌上擊潰鎧甲
一根長線尤為重要，線團持久
在她身上施加不容抗辯的極刑。

8

洗碗時聽雨
室內獨奏和室外協奏都是快板。

暮色是一道休止符
讓那個埋首於潔淨的
人，梳理了過於耀眼的白髮。

9

林中廚房
蝴蝶也會神祕造訪
一年一次，或幾次
煽動有巨眼的翅膀
撞擊著窗戶
偶爾，也停在天花板上
靜息，俯瞰
那個葬身杯盤的人
像細察一隻死蝦
從冰中回溫
又在利刃下露出保住腦垂體的腸子。

10

從廚房的角度看
夕陽就是神諭。
那金子般的聖容撫慰著望不見盡頭的曠野
為枯枝禱告

也為偷襲鳥巢的赤練蛇禱告。
白蟻成群，只等祂轉過身去
重新掏空良木，而
這一刻，仍然得到了金色的寬容。
沉湎於做晚餐的人
從調味品中抬起頭，凝視這一切
裂隙的餐桌也被一雙聖手修復了。

二〇二二年七月於清邁竹子村

開始畫一幅畫之前

螺絲擰到欲斷未斷
節腹泥蜂飛進來
對，闖入，越過牆，層層防禦。
轟鳴由距離定義
如果逆向而行，兩片薄翼也是隱形戰機
通常，你不知道和誰在戰鬥
內室雜草叢生
沒有一幅完整路線圖。
節腹泥蜂只是一隻帶針的猛獸
異，也無異於你身體裡的任何一隻。
它用長針撬開細小的漏洞
看，這荒蕪
還有一隻正在翻滾的骰子。

二〇二二年八月三日於清邁竹子村

畫一幅畫的間隙

黃蜂和泥蜂都來過
繞著她，盤旋了幾周
停一下，旋即起飛。
飛，是人類的煉獄
再薄，再短的翅膀對無翼之人
也是降維打擊。
此刻，這個癱倒牆角的人
被針尖嗅了又嗅
被反覆探測
這體內許多金屬物中的爛鐵寸金。

二〇二二年八月五日於清邁竹子村

宗通寺之外
——贈修行者 Idan

知曉宗通寺之外的
荒郊，需要繞過密林和湖水。
在一個小徑分岔的地區
再靈敏的導航系統也有誤判。

荒郊中也有花園
有全職園丁和久居而不事雕琢的人。
是的，你有三次談到花園
我們該如何面對它曠日持久的危機？

作為一位修行者
宗通寺有一個俯瞰鏡頭
俯瞰也是廣角
距離總有仁慈的教誨。
在幾乎看不見和浩蕩無涯中
塵世是另一座祭壇。

要從廢墟中攝住朝陽
這是一位修行者的日常。而
園丁的倦怠在於無根之木與無源之水。
要向空無借力，這是佛陀孤行。而
雜草之園如何空降一株菩提樹種？

我們都忽略了枯竭
忽略了枯枝迎向春風而擁有的苦澀。
我們都需要學習如何面對死亡。而
園丁最難應對的——
枝上花園中木猛然間扭曲了它自身。

宗通寺有恢弘的佛堂
從花園出來，我們都可以去佛堂歇腳。
你有滿身法器，耳食膚受聖徒之名。
而，我只是一個逃遁主義者
投影於佛陀的明鏡，刀鑿斧刻都顯露在外。

二〇二二年八月六日於清邁竹子村

曠野樂團

曠野樂團從未停止過演奏。而
困於內室的人患有間歇性耳聾。
曠野樂團穿過驟雨重返演奏，
這是惡龍已經沉睡的時分。
演奏，讓她那根喑啞的弦鬆馳了下來
黑夜轉向，去往另一個世界。
她可以隨意更換一面鏡子
還能在樓上再創密室。
隱遁，這是一支深夜夢幻曲
時間裂隙中唯一的梅花。
曠野樂團不受塵事侵擾
安撫著那個被風暴襲擊過的人
她在靈魂深處聽到——
拍擊的煙灰蝶推倒巨浪滑翔在寂靜的內海上。

二〇二二年九月二十七日於清邁竹子村

曠野迴廊

剛入曠野時
迴廊只有一個出口
曠野是曠野，內室是內室。

先步入迴廊的
蛇，守在門外，寂靜地
內室黯淡
壞了好幾盞燈。

沉默並非蛇的本性
它拍打著門
將迴廊作為掩體。

還未離開餐桌的人已化身耳語者
夜晚一樣跟隨著我們。
一隻老烏鴉振翅
打開聖歌般的曲調。

迴廊上開始亮燈
並迎來捕蛇人
聖徒不在禮拜堂，便在曠野。

赤腳步出內室
迴廊上仍有蛇的
體溫，大片天堂鳥在迴廊盡頭
舉起金黃色花冠。

二〇二二年九月二十九日於清邁竹子村

曠野風暴

以池水為鏡
老香樟也是堤壩
少年約翰坐在高枝上
這位飛蠅釣神手也是螞蟻專家。

第一次風暴來襲
初夏還有水蜜桃甜味
哥哥約翰在自行車上
陡坡橫跨山脊
一個深坑吞下去所有晨曦。
盛夏還未在翠鳥翅翼下展開
嚴冬已打開快速甬道。

池水暗湧去往沼澤地
老父親陷進去了，老房子陷進去了
冬陽蒼白，在病榻上拖行
再也沒有傘可以從風暴中撤退。

穿喪服的約翰連續發問：
「『哪裡？』是哪裡？『什麼時候？』是什麼時候？
為什麼是『為什麼？』」[1]
魔盒已被打開
裂骨症彌漫，在人世：

風暴一天問候一次
這種力量為肉身所不曉。

老香樟半枯
在沒有燈火的堤壩上
更年輕的一代獨自跳了下去。
激流，卷走骨骼
大雪，落滿指縫——
約翰在臥室飼養貓頭鷹
他們彼此援助，在各自的枯木上。

四十六年，池水疊影流亡者肖像
凝視這一切的人也凝視曠野
風暴損毀所有翅膀後
灰鶴在池面單腿站立
既不移步，也不發聲。
倉鴞獨守密林
修正著黑夜的語調。

二〇二二年十月五日於清邁竹子村

[1] 引自帕斯卡・基尼亞爾。

曠野信箚

虎刺梅開了。
上一刻還只有零星花苞
推門一瞬，柔波搖曳。
倘若你不輕叩門扉
這花也許遲遲不開。

我們都看見了
刺，繡花針般緊貼著花瓣
沒有絲毫隱藏。
鋒利總有兩種表達：
脫去贅物；
用深度度量痛楚。

想起來了
這兩日夏風邀請信使
翻過山，令秋氣後退了一步。
我們都知道
虎刺梅還有另外一個名字。

二〇二二年十月十五日於清邁竹子村

曠野迷霧

素食者向曠野續了杯雨水
很多年了，獨飲第一次有了另一種況味。
馴服一隻雲雀嗎？
讓它圍著枯枝旋轉，歌唱，輸送蜜
顛倒夢幻，為內室協奏——

請別忽視潛望鏡，用針尋找道路
上一個光學拓片還留存於內海——
追光的飛蛾在亮如星辰的
鏡面上，折翅，藏進厚繭之中
每一個時日都是一場假寐。

你隔窗而坐
有時門窗薄如肌膚，有時簾幔會變換顏色。
你的茶也收集過雨水，而
提純機制改變了它的性徵。
重要的是爐火，用我們的語言建築迷霧。

雨季持續滑行，在曠野
杯不停。雲雀在碰觸枯枝的瞬間
展現了自己的圓環設計
那只是一次虛構。
伸向它的援手縮了回去
伸向曠野的下一杯雨水已斟滿。

二〇二二年十月十六日於清邁竹子村

曠野回聲

季風繞過池水、芭蕉和赤道附近的田疇
它專注於接骨木——
花與果，嘴裡的詞
饑渴填滿它。

你的羽毛殘缺，多有漏洞
不能飛時，那個聲音穿透曠野
高過世間所有合唱——

兩種翅膀有了奇妙的聯合拍擊
卻沒有流暢的滑翔靠近對方。
以荊棘為食
溝渠中倒影著枯枝孤藤。

巨石碎成礫，礫還可以再碎
緬梔子的傘形花序貼在一起，擎起光
溝渠用重力挽住所有跳動。

委託那個聲音完成自己。
羽毛的漫遊猶如奇遇
光亮變得不可琢磨
寧寂，在曠野的每一根神經上擴散。
和月光一樣
你處於永恆的沙漏之中。

二〇二二年十月二十日於清邁竹子村

曠野廚房

骨頭放在餐櫃裡
最硬的那塊。

醒來一刻
老牛拴在荒地上，半身傾斜
重力開始加速度——
白鷺環繞它。
晨光為長焦提供了這幀膠片

母親那另有底版。
濃煙燻向屋頂，四壁，父親的病榻
她砍柴，用力將冬天填滿。
當池水敗走秋風，與冰霜呼應
柴火劈啪作響；

白鷺不時爬上牛背
正在衰老的軀體成為顫動的餐盤。
白鷺息羽於這份早餐
它曾棲於何枝，如何飛越風暴
翅膀中掩藏的傷痕，吞咽時的顫動——
你可清晰看見。

遺留各種調味品的
杯盤：交迭，缺口相互入侵——
這些玻璃器皿，這些骨瓷
往日的雪和它們一樣白
淺於母親的白髮。

大理石桌面持久而冰涼
曠野吹拂著翻動羽翼的風。

二〇二二年十月二十七日清邁竹子村

曠野卷柏

亂紀元裡
百貨公司的烈焰和人形軟皮緊挨著。
進入監測點的
人，在試劑中脫水
上層建築化為灰燼
「骨骼也變軟了。」[1]
請讓岩石守護它：
死亡——
現在讓我們轉向。

我打開過
那只抽屜，有活血化瘀的銘牌。
老中醫用袖珍秤
雕鴞般緊抿雙唇。
要在棺槨中再論生死
卷柏三錢。
產婦活過來，回到新生兒身邊
嚴冬是陰性的——

如果打擊來自宇宙深處
亂紀元將不可交替。
岩石上的
卷柏，對將來之事的警告提前太久了

遭到了密室指揮官和白衣人的哄笑。
災難並不在於烈焰和脫水
在對恆紀元的遙望中
纖維體受難於已被敗壞的水源。

我從懸崖回來
復刻幾塊岩石。
風與我相互召喚
邀請卷柏來見——
這是高感成像系統中的復活。
細密枝葉沿著裂隙攀緣
來到免除黑暗的泉水那裡
展向赤道附近的曠野。

二〇二二年十月三十一日於清邁竹子村

[1] 引自劉慈欣《三體》。

曠野鬼針草

為白存證
鬼針草群集曠野。
我赤腳走近它們
針和彎鉤同時挽住腳踝。
基因突變也是流行病學
鬼針草用倒鉤生存
白衣人用測試劑。

白，自有魔力
「上帝也像羊毛一樣白。」[1]
鬼神出現在白色迷霧裡。
僭主化身傳教士
坐騎蒼白。
鬼針草，白過四季
我無法用人類的情感去識別。

與雪對照
風力難以評估。
眼所能見的
曠野，鬼針草擠走了芭蕉和菩提。
眼不能見的，
艙形建築體，白衣人持續送出白浪暴風。

二〇二二年十一月十一日於清邁竹子村

1 引自赫爾曼・麥爾維爾《白鯨》。

曠野夜行

她偏愛小徑。
黑夜自駕，無燈路段
她總在拐彎處加速。
90 度直角
車輪刀鋒般切入另外境地。
雨迎面而至
落在擋風玻璃上
夜幕中疊影重重。
小兒在後座，總有告誡：
「媽媽，你應該走大路。」
車載音頻中
水手們和巨鯨搏鬥
駭浪取走他們身上全部熱量
又在船舷邊被烈酒召回。
「你知道遠光燈的作用嗎？」
她問小兒
開燈照亮路兩側的灌木叢。
光，如星體回旋
投向那個沿灌木孤行的人。
她時刻關注後視鏡：
耳中海獸，後退灌木，
稚嫩臉上的驚懼——
她要訓練這種驚懼。

經過坑窪處
加速顛簸。用合唱來承擔
身體失重，在遠光燈不可及的
小徑更深處。

二〇二二年十一月十五日於清邁竹子村

曠野梅花

臨屏看雪
有天鵝在湖水裡
雙雙起舞，刷新下一頁——

在骸骨上記下梅花的
人，對抗著刀劍。
她從夢中翻越懸崖
退居旁觀者
為何梅花更改了性狀——

這是赤道附近的
曠野，梅花張開全身尖刺
像洪水的河面覆沒搶險者的漩渦。

烈日有雙面證詞：
花朵斑白
枯枝裡的雷雨。
同緯度，生命臣服於同等炙熱
帶露珠的信件裡
梅花像腹部一樣震顫。

這是赤道附近的
曠野，短促的激流不日將乾涸。

蝴蝶逶迤在薄霧之中
梅花祭司般聳立
空無一物。

赤道附近的曠野，梅花從未停止綻放。
作為凝視者，她對綻放另有定義
花朵層層疊疊
像白雲包裹著烏雲。
餘焰在曠野閃爍
夜晚供出了它。

為了將梅花從灰燼中挽救出來
她租用蝴蝶：
影子一樣纏繞著
靈魂中的奇遇。

二〇二二年十一月二十一日於清邁竹子村

曠野挖掘
——給黑妮

上一層樓
遠山更為清晰。

請看這牆
窗可隨時開啟
或關閉。檸檬正在杯中
滲透，與窗下挖掘機同頻。

看舊日之途
深坑存在良久仍可繼續
挖掘。為了回避箭簇的力量
請不要翻閱生命內頁
每章，每行
錯愕與縫合術已無可校對。

「請做我的遺囑執行人，好嗎？」
挖掘機更進一步
你看，岩層顯露
最鹹的液體，噴湧而出。

檸檬已汁盡其出
在更苦的味蕾上

回甘。耳鳴猛烈
挖掘機也有油盡之時。

讓我們再讀生死吧。
泡桐樹在江南季風中曾酷似母懷
幼童孑然在曠野
獨自歌唱，遠山出逃濃霧
相映霞光之中。

讓我們再來閱讀虧欠
數典我們的遺產
挖掘機可隨時報廢
與骨骸同灰燼，唯深坑綴滿花冠。

二〇二二年十一月二十九日於清邁竹子村

曠野晨鐘

白鷺滑過山脊
秒針啰嗒復活了黎明。
闊葉林中
修繕寺院的人也在修繕焚屍爐。
他們臉上的
新漆，晨光中漸成錐形。

難以分辨，誰不是饕餮者
空椅子堆疊
隨時鋪開夜宴
在焚屍爐和寺院之間
烈酒和灰燼，兩個摯愛
同時擁有寬闊的
河水，教給我們內心生活
將潰堤堵在佛陀嘴邊。

白鷺臨空拍擊
弧線優美如某個天體
她的領唱，引來詠歎與和聲。
在曠野最徹底的袒露中
短促的歌純粹愛著日光本身
愛得勝過所有群峰，火焰和港灣。

在寺院和焚屍爐之間
請側耳傾聽這些曲調
它令人驚愕
改變了晨鐘的進程。

二〇二二年十二月十日於清邁竹子村

曠野漫步

晚霞編織翎羽
為那個在礫石中徒步的人。

她已擺脫棧橋和斜坡引力
當暮色移除冗餘物
小徑在四周黯淡中亮得出奇。

月亮依然在世。
針葉林和闊葉林攜手
魅影一直延伸至生命盡頭。

她要沿小徑去尋找猛禽
無視夜幕低垂。

經過長堤，月亮老了
流水以漩渦行事——
將她從枯竭分離出來。

終於走到藤蔓豐饒之地
請聽，黑蜘蛛織網時發出的浪濤聲。

礫石同時挽住腳踝和河床的
曠野，和她一樣愛著孤峰和上帝。
灰隼和倉鴞
沒有離開過須臾。

二〇二二年十二月十四日於清邁竹子村

曠野畫室

煙花樹立在畫室門口
每個冬季爆發一次
球狀閃電燃燒著枝椏
花瓣雨隨之而來。
這火焰，漩渦，花與枝葉的
扭動，來自弗里達・卡洛[1]和
薩賀芬・路易斯[2]聯盟。

旅行至此
顏色已是命運因素。
她凝視著擠滿鋁管的
黑色長螯，在生命進程之中。
她早已知曉賈柯梅蒂[3]的
鋼絲，基督那樣——
不想被帶到此之外的任何地方。

紡錘體花序還有鈴聲
作為畫室守衛
煙花樹不偏不倚垂直於
星空和泥土——
蛛網上所有事物的總和
畫布上炭黑色的自我剝奪的火焰。

赤道附近的
嚴冬，遠離霜雪
它是各種力量聚合的漩渦
任意營造形式，不被輕易供出。
煙花樹在枯木邊緣
始終維護著
某種不能被熄滅的東西。

二〇二二年十二月十八日於清邁竹子村

[1] 弗里達・卡洛（Ffido Kahlo 1907.7~1954.7），墨西哥畫家。
[2] 薩賀芬・路易斯（Séraphine Louis 1864~1942），法國女畫家，稚拙派（又稱樸素派）代表畫家之一。
[3] 阿爾貝托・賈柯梅蒂（Giacometti, Alberto, 1901~1966），瑞士存在主義雕塑家，畫家。

曠野兩行

風中不能自持的菖蒲抱著我
就像我抱起汙水槽中的煙灰蟲

*

逆風的旅程中
白鷺和黑鳥都有各自的天際

*

為了與失眠症抗辯她走到有神龕的樹下
為了在暈眩中歇息她將迎春花收入琴匣

*

在被斬首的芭蕉樹下坐了一上午
寫下的，都已全部刪除

*

聽貼地的筋骨草耳語
這個我已化作泥土

*

春風中風語
曠野也有欲望的密室

二〇二三年三月十六日於清邁竹子村

曠野晨露

向芭蕉林去
流水分置於不同容器之中。
這裡不允許急迫
漩渦會有另外的告誡。

她貼著枯枝，坐下
晨露停在黴斑上
黴斑從芭蕉晦暗的盡頭滲出
這裡不需要默禱：

鬼針草早已獻出潔白的
花朵，穿越芭蕉的沉寂怒放
她坐在這長影裡
凝視日光寸步位移。

她為激流在漩渦中的轟鳴沉醉
彷彿深情的愛正向所愛告別。
她存在於世
只是為了練習告別——

從芭蕉轉向曠野
她又俯身漩渦近處
你看，這漏洞上的盤踞
多像一支聖曲伴奏的舞蹈。

二〇二三年一月二十六日於清邁竹子村

安福路口
——給康華

中年的癱瘓來自思想病。
內室雜亂，難於洗刷一新
穿再高的高跟鞋，
也夠不著那一二朵白雲。

這一次，我們站在安福路口
落光葉的梧桐被濃霧降伏。
連續伸展加強了赭灰色的屋簷下
冬雨綿延，傘已全部售完——

鏡子和牌局都經不起推敲
衰老最先親吻眼睛
舔乾淨火焰
將灰燼覆蓋在視網膜上

要回顧抵達此處所經過的
路途，每個人都跟隨夜的碎屑
那個失明的老婦多想挽住燈盞
那個親吻人偶的少女半隱半現
髮絲在枯枝上纏繞——

這停靠在母性燭照下的路口
導航系統均已失靈
我們望著如此磨損
如此匆促的車輪
轉身就消失在左右難辨的暮晚之中。

二〇二三年二月十日於上海

鍾情的餐廳正在歇業
——給韓博

在我屈指可數的飲酒史中
這一次，杯中物溢出。
假如世間沒有廢墟
我們都不能畫出它的形象
唯有調色盤灼燒
它自身的一小簇火把。

是口味想像了餐廳
調味品構成我們生命的景象。
鍾情的餐廳正在歇業
細雨停得到處都是
從黑夜脫出
形象並不消散在現實中。

細雨與花同源
就像稍縱即逝的那一聲悶雷
是驚奇和困厄——
它的重要性則是杯中物難以交代的
拉動琴弓的瞬間。

二〇二三年二月十一日於上海

臺階與劇場
——給鄁曉琴

臺階上的午後總顯陡峭
這是一幅定格畫面。
時光加速器中
博物館在你我身後
也是臨時劇場——

你的劇本中有玻璃和鋼絲
也有鄭風和邶風。
你看，蜘蛛織網
獻身於古老技藝
在它展開的絲線之間
無物可以為愛提供明證。

所有人都懸在縱橫交錯的
絲線上，風雨啟示錄有許多樣本。
是漏洞照見生命穹頂
戲劇在那裡生成並遊蕩
將火把獻給心靈——

我們都已來到陡峭的午後
萬千形象突破帷幕
春天被認為脫胎於嚴冬。
光線在臺階上
沒有一種形象可以複製它的源頭。

二〇二三年二月十五日於上海

應許之地
——給馬休

如果此刻只有幽暗
作為對應物
光必然存在於應許之地。

漫長甬道中的痛楚也有宿命的喜悅。

我試圖畫出這篩子
它不完全是篩子——
黑色漆鑄沒有阻力的平面上
星辰縮小成斑點
白得近乎凝固。

內室如果燈滅啜飲的餐桌上將只有蟲洞。

我們的
這一壺熱茶
以暗物質倒進杯盞。
哪有酸甜苦辣——

是糖和奶想像了苦澀，是苦想像了生命，
是生命想像了死亡，死亡推動萬物
並在不同形象中顯現。

匡正愛——

啜飲，啜飲，只管啜飲。

當甬道迫切地鑿向光明
寂靜也在內室鋪展。
苦與樂是同一個詞
從天而降的雨雪消除種種顏色。

二〇二三年二月二十五日於上海

小徑
——給流水

濃霧和暮色聯手移走群峰
黑鳥獨自在飛——
偶有俯身
看著小徑中人。

野草和荊棘如此繁茂
牽住腳踝
也牽著神龕。
黑鳥採摘它們
將之建築在高高的枝頭。

小徑中人還在
咀嚼，那些刺和苦澀的漿果。
殘月不時拋下佐料
你看，苦也不能單獨抵達肺腑。

黑夜令所有翅膀隱匿，而
歌穿透霧靄。
歌中顫慄，歌中寬宥
比被黑夜剝奪的一切都要綿長。

二〇二三年三月二日於清邁竹子村

它倒下了
——給黑妮

嚼一顆芹菜，徑蔓如古柏
有三噸雨水糾纏其中，
刺繡般綿密。假如我繞過體內的構思
將它就此嚥下去，這關於芹菜的
經學踐行，方言反覆重申它的立場
從藐視開始，到教養終結。

感謝盛夏來臨，讓日光在
晚餐與清洗之間有一小段回旋。
讓我們來談談餐桌上的激流——
胃中塊壘，舌下瓦礫
逆流而上，順流而下。

你看，刀叉已變得遲鈍
在你我共饗的桌面上
最後一小塊甜品——
「它倒下了」我敘述。
「它倒下了」你複述。

二〇二三年三月二十三日於清邁竹子村

暮晚

當你走向暮晚
山鷹從灰燼中躍出。
尾翼上的風聲
令小徑變得彎曲
一個祕密的圓環——
這更新鐘擺的
翅膀上的
語言，跟寂靜聯繫在一起。
當你走向
暮晚，蘋果樹越來越亮
你始終對那果子負有債務。

二〇二三年三月二十一日於清邁竹子村

如此遠，如此近

你坐在迴廊上
黃昏的穹頂下風有很多爪子。
咫尺，蛇在林中穿行
它正在枯枝上尋找什麼——
一陣心痛襲來：
「你可以清空對我的所有印象。」
夜的另一面
太陽正在描繪
春天裡的鳶尾花序。
你還有恐懼
停泊在蛇的軟體上
之前的描畫
顏色，裂開的
枯枝，已撤銷全部支撐。

二〇二三年三月二十六日於清邁竹子村

聽Aage Kvalbein[1]演奏

假如我孤舟泛海
可飲用的唯有記憶。
我的舟楫
也是祕製的舌頭
有時直抵深海
有時在空濛濃霧中
回旋，回旋，回旋——

一個泛音掀起
波瀾，必然到來的
落日將回眸交給深海
那從唇邊滑過的令港口歸其所有。
你會在何處
於最細的弦上沉溺於休止
如同泅渡者無視堤岸。

鳶尾盛開的窗前
你與烈焰撞在一起。
我的舟楫

也是祕製的舌頭
有時直抵深海
有時在空濛的濃霧中
回旋，回旋，回旋——

二〇二三年三月三十日於清邁竹子村

[1] Aage Kvalbein，大提琴演奏家，挪威最著名音樂家之一。

夜宿春蓬

整夜我都在洗一件白衣服。
引海水入室
用盡潔面泡沫
鏡子撕開一層再進一層
白得多麼舊啊。而
每一個針眼都是全新的。
指尖和流水都碎在這白上了
我眼睜睜看著
灰燼從鏡子裡溢出
為白所溢
服從這場洗滌。

二〇二三年四月二日於春蓬

栗色馬

栗色馬，沒有韁繩。
大海放逐它的
島嶼，讓罌粟和礁石生長在一起。
栗色馬，守在陡坡入口。
不要去看礁石
那是我們備受煎熬的
靈魂的反應。
罌粟炙烈像一場大火
比陡坡更不懂得節制
栗色馬，接過島嶼落在波濤中的光
它要顛覆眼睛和耳朵的見證。

二〇二三年四月五日於 Koh Tao

島嶼

大海拆解肋骨
交出岩石，這石鑄的島嶼
孤兒般佇立
又有猛虎的儀容。
猛虎可以剝開一切
給罪人帶來嬰兒式的
勸慰，以岩石內心
傳喚夢的法庭。
當羞愧拚搏於潮湧的戰場
島中塔影，叢林和懸壁
孤詣般聳立
沐浴在自己冰涼的灰色光芒中。

二〇二三年四月七日於 Koh Tao

聲調

聆聽來自內海的聲調
直至完全迷失自己。而
大海是參與了陰影的
連續深淵，在滔天巨浪中
有著完美聲調的唱詩班靈童。

蔚藍色聲調在追擊
讓枯草在欲望的戰壕裡降低燃點。
青灰色聲調在種植
樂於見荊棘，自立和孤立。
玫瑰色聲調在籲請
又將放棄當成一種美德。

內海迎向颶風，拆散
所有骨頭，又尋求寬恕——
這肉身的雙面間諜
有時是猛獸
更多時候是孤兒。

二〇二三年四月十二日於 Koh Tao

NO20230416

濃霧的海灘上
抱一罐清水來回
這個赤裸的
脫胎於焰火的人，並不認識海水。
她像僭主一樣
抱著一罐清水，並向波濤屈膝
審視靈魂中的正義。
這罐中僭政
新月般蒼白
用羞愧來承擔
獻出自己後礁石狀的鹽粒。
她隱約聽到鐘聲
在清水散落沙灘的
最後一刻響起。

於清邁竹子村

鏡子

擦去脊骨血跡，再回到鏡中
長夜在此歇息彷彿已鬆開綴滿鐵釘的
皮鞭，從哪開始呢——
神奇抹布無可挽回地破舊
鑲有鱗片的罩衫也在悲傷凱旋中解體。
從長夜的視角來看
鏡中還剩下什麼——
我死時將有倉鴞振翅如雨
並使這口破鐘加入救主臨終的哀歌。
沒有哪面鏡子只死一回
長夜耗盡了痛楚
賦予她凝視這個人赤身裸體的權利。

二〇二三年六月十一日與清邁竹子村

曠野斜坡

她坐在割草機統治的
斜坡上，和喪父的螞蟻坐在一起。
現在是秋天，泥土抱緊被斬首的頭顱
聖徒般寬厚有力。
她需要重新回顧，盛夏的花園
與覆滅者洪峰之間，誰——
首先在行動上解縛了死亡的絲線。
默不作聲的黑鳥轉過身來
牠看見了泥土之外
落在枯萎花序上的事物
和刺穿肋骨的劍一樣涼薄。

二〇二三年十一月五日於清邁竹子村

圖說：劉曉萍／時代肖像-21（下）
圖說：劉曉萍／時代肖像-22（上）
圖說：劉曉萍／時代肖像-25（右）

附錄

雞冠蛇住在香樟樹上——一份難以考證的精神自傳

第一章：蛇

1

油燈在暗夜晃動，風擠著漆木大門，吱吱嘎嘎，一個詭異的軟體潛入牆根深處。爾後，在我的杯盞之間穿梭，將舌尖的毒液塗抹在那些年代久遠的瓷器的內壁，成為我的食糧。我飲食它們，我的成長被一個特殊的名詞瓦解，直至成為我精神的藥引。

時空輪轉，並不能消弭一條蛇所引發的風暴。所有的蛇的同一具軟體，纏繞著神性的語言。

在神龕、吊橋、群山和黑森林之間，時間並不以時間的真相而存在。

人類所有的驚喜與惶恐，只不過是蛇信上的一枚針。

*

瞽書人的鼓點在《封神演義》的第三十七回停下，姜子牙上崑崙，「過了麒麟崖，行至玉虛宮，不敢擅入……」

白鶴童子悄然而至，在瞽書人的鼓下，變成了一具花白的軟體。十幾盞馬燈瞬時亮起，被舉過頭頂，奔走聲，驚呼聲，鐵釺的碰撞聲，石頭和石頭的摩擦聲……在鐵象灣[1]的夜空此起彼伏。一條蛇盤桓在一個慶賀喬遷之喜的秋夜，詭異地將瞽書人的演說拉進另一個時空。姜子牙跟前的玉虛宮變成低矮的瓦房三間。

蛇是修辭，那個阻止故事進展又讓故事出現轉折的神的使者。

我從高高的看臺翻身落地，與蛇迎面相撞。在我思想的暗角，它是最初的火焰和風。

*

我在無人的曠野遊蕩，在我的腳跟和腳尖之間，蛇密集穴居。

*

那些從我的頭頂，我祖宗的墓碑旁滑過的沒有骨節的蛇影，是時間的反物質，通過灶臺、燈芯、煙囪裡的灰和一張古老的睡床延伸。它令冬天在泥土中裂開，而春天則是折斷的柳枝。衣衫高掛枝頭，枝條隨風搖擺，飄蕩成蛇的摸樣。

*

我並不打算將蛇作為唯一書寫的可能。一位和我同宗的啟蒙老師，密謀地將我的所有課餘時間與一群懸在房梁上的蛇關聯在一起。我親眼看見牠們倒立在房梁上，滴下毒液之後，迅捷地轉身。

一個懸案陪伴了我三十多年。

沒有一件物證能解釋食糧中巨大的危險。

沒有一點空氣傳來蛇在轉身之間的竊喜。

沒有花開。

沒有水的滴答聲。

沒有詞語對詞語的安慰。

沒有木魚在廟堂中升起。

沒有一個人登臨山頂的佛前。

蛇抓住佛堂上唯一的一根紅綢帶，繫在腰間，經過梅屋那個巫師的門前時，露出「有求必應」四個大字。

2

我靜息時，正是我進入世界的開始。

*

一座竹園，一顆香樟，一面池水，一個道場……它們是蛇身的鱗片，以僭越時間的變化之身在四季的暗道裡加速生長。

我不敢涉足竹園半步，它被黑夜寫入記憶，又在記憶裡成為幽靈的樂園。所有的黑夜都是同一個，風踏枝而來，水妖聞訊而動。它們衣著豔麗，有千古不化之身，促使微風暴戾，到處開膛破肚，正如難民成就了暴君。

*

一條長著公雞紅冠，神出鬼沒的巨蛇，為歲月所剝奪的一切提供先於語言的風。

1 鐵象灣，中國安徽皖南丘陵地帶的一個小鄉村，作者的出生地。

第二章：抽屜

歷史的碎片就是歷史的全貌。它以傷痕之身完成了講述，從來就不需要修復者。

*

John 在我十歲時帶回幾顆子彈放進鐵象灣古老的抽屜，從此那只抽屜像鏡子一樣虛幻。我總試圖弄清那幾顆子彈的構造，只要我拿起它們，整個世界都變得冰涼起來，一種有分量的讓人畏懼的寒冷。

John 比我大六歲，五官和我多處相似，他不符合鐵象灣傳統的名字是一個老學究反傳統的大膽嘗試，就像那幾顆子彈經年累月寂靜地躺在裝滿雜物的抽屜中，充滿了冒險似的歡樂。而 John 就像一枚上膛的子彈，一次意外，他飛離了自身。

抽屜裡除了子彈的沉寂，其他從未停止過遊蕩：

一桿手掌心大小的秤撞擊著時間；

無蹤的玉牌用底座展示損傷；

發簪彎身貼近從未停止移動的指針；

銅鏡退回到元素之初；

銀項圈套住早已成為灰燼的歷史；

一隻耳朵在被遺忘中變得越來越靈異，越來越清晰……

遠離的歷史，正在誕生的歷史，還未產生的歷史，全都是遺失的歷史。

*

在鎖緊抽屜之前，我就像退回到元素之初的銅鏡，在碰撞不息，晦暗不明的世界中切開冷藏的果殼。鐵象灣彷彿從春天裡飛過來的黃蜂，油菜花的味道，雨水的味道，發芽的秧禾的味道……最後是泥土的味道，一一從耳朵中獲得自由。

*

原野廣闊，生活執著於修築自身的雨巷，和顫動的悲歡狹路相逢。

*

消失的事物從未停止過重返，而我總想找到一部啟示之書，翻開新的一頁。那是關於我命運的解碼。

那只住在抽屜裡的耳朵有太多的軼事。

它陪伴了一個老中醫的一生，之後，又追隨其子左右。

1971 年，老中醫在臭氣熏天的牛棚裡嚥下了最後一口氣。草藥猶如劫難，所有的救治都走向了它的反面，所有的病症在一種瘟疫面前都喪失了自身症候。耳朵由此失聰，並在老中醫遺子的晦暗長日中使一切喑啞。

經過審訊，拷打，遊行示眾，摧毀，焚燒，和革命青年們傳染率極高的病菌的侵襲，耳朵退回到泥塑之身。在火中一遍又一遍地釐清關於生命的真實訊息。除了聯通心臟和大腦的經脈猶如從前，一切都形同石雕。

十年之後，我在一座廢棄的院子裡和耳朵相遇。

人體的致命之穴悉數分佈於耳朵之上。

誰顛覆了誰。

誰比誰更加殘忍。

誰在垂死的虛空中散佈血腥的火種。

誰排練了一生，只為死亡節目而矚目，鼓掌，頓足。

*

我們在哪裡？這麼多諦聽都消失在旗幟升天的濃霧之中。

第三章：糧倉

1958 年的糧倉，沒有穀物，只有「神」。它還有一個別名：人民公社。

*

鐵象灣有太多洞穴，屋內，山崗，田埂間。它們猶如戰壕和掩體，一些儲存曬乾的樹皮、野草，一些掩埋破碎的米缸，更多的成了饑餓者爬不出來的最終棲息地。而最大的洞穴裡住滿了紅色的鐮刀和斧頭，他們無畏，蠱惑人心，充滿了繁殖力，他們反人類。

在一座由寺廟改建的空蕩蕩的糧倉裡，一個正值盛年的男人日夜被幽靈糾纏。有時，他無故碰壁，被看不見的手抽耳光，被巨大的無頭之軀推倒在地，在睡夢中被盤踞於房梁上的魅影驚醒。深夜時分的魑魅魍魎猶如萬馬嘶鳴，一次次將他拉進深淵，一次次讓他更加清醒。有時他舉起獵槍，扣動扳機時，才醒悟槍膛裡根本沒有子彈。

成群的鬼魂在廟堂中遊蕩，他們吞噬著成為可能的穀物，將石灰灌滿良田。

十多年後，這個男人因在廟堂中扣動沒有子彈的獵槍，而遭審判。

那些廟堂中的晝夜成為再不可解封的歷史。就像一冊根本算不清的帳本中漏掉的一頁。

又是一個十年過去了，這個男人坐在鐵象灣的低矮房舍中，已是形銷骨立。他經常在深夜時分，獨自點燃一盞燈，出神地望著那座兀自奔走的自鳴鐘，以大病初愈的虛弱氣息提到那些廟堂魅影：

菩薩都被砸碎了；

厲鬼端坐堂前；

他們手持鐵鍊，一定會在某個角落等某個路過的人；

有太多紅色，房梁，屋頂，地面上，天空中，甚至人們的睡夢裡……

他們讓成片的土地燃燒，只為這紅色更加逼真，更具威懾力；穀物一夜之間在潰堤的河岸上消失。

饑餓者的奔走相告，一旦變成了呼救，就再也找不到廟堂。

*

這個回憶廟堂的男人就是我的父親。那座糧倉就像鐵象灣那些隱匿的洞穴，成為不可遺忘的命運中被遺忘之物。

糧倉消失於鐘擺之中，獵槍消失於鐘擺之中，守護糧倉的歲月消失於鐘擺之中，在夢幻的一瞬間一切都消失於鐘擺之中。

誰在鐘擺的兀自鳴響之中回答著死者的疑問？

不接近懸疑的人無法回答懸疑。

*

顯現之物也是隱匿之物，就像一面鮮豔的旗幟，可能就是最高的暴政。

哪裡有什麼救世主。這是旗幟升天的所有地方此時此刻都有的答案。

第四章：密

寫作是製造謎密。

我總試圖穿越密林，將可以治癒傷寒的的車前草栽種在密林深處。

成立於 18 世紀歐洲的神祕組織「共濟會」其宗旨，就是讓世間一切的惡都失去意義。而這個組織關於此的一切說明至今都未被解密。這是一條十分隱匿的路途。正如重新升起的太陽作用於晨曦的一場質變。

我始終對這個神祕的「共濟會」充滿渴念。他們的一切思想因守密原則，在我看來都具有了詩性。寫作的人就是試圖保存祕密的人。試圖在語言的抽象性中為世界的隱祕之物掀開面紗的人。試圖將當下景象還原給歷史的人。試圖擺脫鐘擺糾纏的人。試圖脫離旗幟和宣言的人。試圖不服從教義和勇於跨過邊境線的人。

*

就時空的輪回法則而言，人類的所有過去都將以某種方式重返。

在寫作中，想像和現實毫無二致。

寫作的本質就是警惕。

在詞語的建築中保持永久的警惕。

從記憶和經驗的線團中抽出一根不會斷裂的牢固的絲線，看它怎樣從時間的溶洞中牽出沉寂的岩石。

*

隱匿之途也是顯途，顯途就是隱匿之途。被時間遺忘的東西，被旗幟覆蓋的東西，被死亡帶走的東西……在我的路途上以反正統的流亡者身分保持著隱修狀態。

第五章：群山

我從未走出群山。山巒疊嶂，總有異峰突起。

有崖壁，焦石，城牆在我夢裡嗚嗚地哭著。我無法將這啼哭和我的語言分開，就如我無法捍衛一個已被憂愁蛀空的往昔。

*

群山第一次聳立在我面前時，猶如巴別塔。猛虎，匪徒，墳塚，賭棍和巨蟒相間而居，他們纏繞著星月，蒼松，在天地間發動血腥的政變。前一刻讓人們站起來，後一刻讓人們跪下去。有時，他們給人們製作不同的冠飾，帽簷高高聳立，頭顱瞬間落地。有時，他們乾脆奪取人們的手臂，一切反抗的武器在無臂之軀面前成了一場諷喻。他們玩弄人們於鼓掌之間，以群山作為掩體，神出鬼沒。

父親和他的同伴夜宿山脊時，一切似乎風平浪靜。但就在他打盹的瞬間，同伴的一隻手臂不翼而飛。沒有先兆，沒有防備，甚至沒有血跡。全部過程在他們的記憶中，僅僅是一陣黑旋風。

「我們走了幾個月的山路，只為馱回幾顆大樹，作建造房屋的房梁……」

那座山離鐵象灣有幾百里長途，但仍與鐵象灣的群峰有著盤根錯節的關聯。父親和他的同伴捨近求遠，奔赴長途所獲得的那幾顆大樹，在同伴的失臂之痛中，成為最直接的脅迫。他們帶著傷殘之軀，驚恐而歸。從此，鐵象灣的房舍再無支柱，越來越低矮。

*

我們的居住地逐漸向幕穴靠攏。在群山盡情展露其怪異的儀容時，更多的人傷痕累累。

*

群山無法成為人們的依靠，並在人們的對立面拋下蒙難的陰影。

日月相見其左，日月諜影重重。

*

我不得不說群山之中的另一場隱祕事件：

一個死於寒冬的「走資派」和他的喃喃私語。

沒有人知道他的姓名，他來自哪裡，通過他渾厚的鏡片透出來的目光空空蕩蕩。

人們第一次看見他時，他像一頭老牛一樣拉著巨大的石塊，在山坳正待開挖成庫的空地上艱難行進。終日沉默不語。

他破舊的棉襖上掛著三個大字——走資派，這是他唯一的身分證明。

某天黎明，人們看見他赤條條地跪在冰封的砂礫之中，

像零下十攝氏度的石塊一樣，冰冷。

那件掛著「走資派」的破棉襖，在他一尺遠的地方像一個看客一樣無所事事。

事後，人們通過各種風聲，聽聞了那個寒冷冬夜，在他身上所掠奪的一切。

他似乎看不見在他周圍的人，那些帶著紅袖章的「突擊隊長」。

他喃喃自語：

「你們向我要糧食時，說得那麼好聽，那麼多甜言蜜語，等你們都吃飽了，壯大了，一切都變成了另一個樣子……」這是他的心裡話。他實在憋得沒有辦法，說給自己聽。

雖然他的聲音微弱，卻進入了一直盯著他的青年「突擊隊長」，那尖細的耳朵。

為此，他必須在零下十攝氏度的深夜，一絲不掛，跪在冰凍的砂礫上，好好「反省」。

這個老「走資派」就這麼悄無聲息地離開了。

像一塊從山澗滾落的石頭，沒有一點生命的跡象。

群山寂靜無聲。

＊

殺伐，死亡的威脅，毒汁，受難，真理的迷惑物，暴政……我們已看不到任何人白紙黑字寫下它們的顯現物。幾乎所有的人都抱住一個空想的道德體，並在二十一世紀的腦垂體上催生它前所未有的催眠力。

所有的生活都是群山籠罩下的一場魅影。

所有的死亡都具有離奇的盲斑。

所有個體的箴言都意味著反社會。

第六章：另一個聲音

唯一真實的世界，在穿越世界的迷霧時，總有其不合時宜之處。

我們的社會，通過集體的虛榮心，盲從，恐懼，享樂和偏見，拋棄真正的獨立個體。

狂歡，盛宴，令人熱血沸騰的事物，毫無主見的選擇，集體的信仰，直接將我們引入懸崖之巔，在最接近天空的地方面臨著最危險的分崩離析。

*

公元 415 年 3 月的一個清晨，新柏拉圖學派和普羅提諾學派的繼承者，女數學家、哲學家、天文學家，亞歷山大城的希帕提亞（Hypatia）像往常一樣走出家門，坐上馬車，準備前往亞歷山大圖書館進行講學。突然，從街角湧出了大批身穿黑衣，頭戴黑巾的基督徒，他們揪住她的頭髮，將她拖下馬車，一直拖進西塞隆（Caesarion）教堂。然後，撕掉她的全部衣衫，讓她一絲不掛地接受亂石襲擊，其後，分解了她的身體。她的一部分身體被暴民們遊行示眾，而傷痕累累的四肢則被帶到一個叫做辛那隆（Cinaron）的地方焚燒。

他們叫她亞歷山大城的女巫，稱她的天文學研究和哲學生活為巫術。而在她之前，托勒密的天體系統面對太陽系的運行還是一本糊塗帳。西帕提亞真正保有求知的生活，因對宇宙奧祕的孜孜以求，和對智慧的熱愛，而具有哲學內涵。她的高貴性，同時還在於她的智慧之愛的純粹性。

基督徒們舉起虛妄的十字架，在大街小巷奔突。蟲蟻一般。他們拒絕正見，拒絕更高級的關懷。而他們的領袖個個身懷鬼胎，上帝一旦背過身，就是一副魔鬼面容，信仰者們始終不願看到另一面。與其說他們甘心情願接受蒙蔽，不如說他們缺乏看見另一面的能力。

有太多妄念流行。

有太多被溫情裹身的殘暴。

有太多不被禁止的私人復仇。

歷史，最終成為勝利者自我辯護的解禁書。

信仰，也可能是一劑劇毒的湯藥。

我們必須對信仰所保持的警惕，一如我們必須對身具毒汁的美麗花朵保持距離。

集體信仰所誕生的集體殘暴，就像難以撲滅的野火，吞噬一切。

（基督教在羅馬化時期的希臘所進行的殺伐，相比今天伊斯蘭世界的殘暴有過之無不及，宗教之外，二十世紀世界範圍內的法西斯主義，紅色革命同樣造成了深重的災難，他們的根源無不在於集體狂熱，一種迷失的癲狂。）

如果天地間只有一種顏色（比如紅色），必然造成盲視。那是最具摧毀力的險途。

從集體狂歡中隱退，就是分辨真相的開始。

在亞歷山大城，基督徒們身上隨時都能拿出石塊，刺刀。他們時刻保持著進攻狀態，對自己的同胞毫無憐憫之情。沒有人可以試圖化敵為友。深度的狂熱統治著深度的仇恨。找不到緣由的虛妄的仇恨。但它所向披靡。

*

求知的生活必須遠離集體狂歡，遠離當下，回到遙遠的源頭，回到那個最初的誕生地，第一時間，第一現場。並在可能出現迷途之前，找到那條通往本質的僻靜小徑。

永遠保持懷疑，保持否定。正是愛智慧的哲學態度。

智慧的正見可以被放到天體的運行軌道之中：

它就處在新生和死亡之間。

西帕提亞畫出太陽系運行軌跡的那個橢圓時，整座亞歷山大城邦正漆黑一片，籠罩在屍體的臭氣和城牆的廢墟之中，和所有聖戰士的兵刃一樣攜帶著毀滅和死亡的芒刺。

誰可以夠得著她的淚水，從時間的前灘傾斜而下。

*

西帕提亞的受難：她在個體的獨立性中讓求知和正見變得徹底而完整。

困境和抵抗困境的努力，就是全部價值。

*

從群體的秩序中挽回那個獨立的自我。

就像時間本身那樣，處於最純淨的狀態。

在黑暗和漂浮物之間的隱匿處，

當心那些不斷變換謊言的信徒。

當心那些野心家。

第七章：鎖或敞開的可能性

堅固的門鎖是個假想物。它不可觸及，但從未離開。

從來就沒有門內門外之分。如果我有自身的結構，有磚石，梁木，菱形瓦，有固定的窗口，我便再無隱身的可能。而我喜歡看不見的那個自己。猶如卡爾維諾筆下那些被想像的光線照亮的看不見的城市。你可以嘗試著經過，但不要試圖翻越那些不可翻越的城牆。

鑰匙是一些鐵鑄的詞語。在對立者之間製造深淵。猶如偏見和悖謬各自所持有的真理。

我是一個靠隱喻活著的人。一個不合時宜的悲觀主義者。我不相信有完美的信任，有不被損傷的抵達對話者的言語。

我既不尋找鑰匙，也不尋找闡釋者。

需要援助的抵達不是抵達。我尋找那些最初的元素。

無數種不定形的介質，無數種重組的可能。

我希望看到有不動聲色的潛入者，拆散我所組建的一切，完成他們自己的作品。人們不能在我所說出的這個真相上建構另一個真相。

我寫下粗礪的焦石，生鏽的鐵器，黑夜中的鬼火，沒有依據的死亡和一座村莊的淪陷，在時間的純粹性中，和緊鎖的地下倉庫一起焦慮不安。我們從黑夜中趕來，沒有來得及回頭，就已進入下一個更深的黑夜。照在我們身上的光線總是停留在暮晚時分，我們保留了最深的黑暗和最為黯淡的光亮。

*

更多非人性的東西已被當作人性的東西。

一種被幻聽包圍的理解力奔跑得越來越快，追尋，答案，命名，成為野蠻的入侵。

*

微風從鎖孔送來破碎的消息。

牆角的火苗一會兒往左，一會兒往右。

我們的黑夜由風掌管。

一杯涼下來的茶，注視著空無一人的

倒影，在門檻上消失。

語言文學類　PG3143　秀詩人129

為同一種光芒效力

作　　者 / 劉曉萍
責任編輯 / 陳彥儒
圖文排版 / 黃莉珊
封面設計 / 嚴若綾

出版策劃 / 秀威資訊科技股份有限公司
法律顧問 / 毛國樑　律師
製作發行 / 秀威資訊科技股份有限公司
114台北市內湖區瑞光路76巷65號1樓
電話：+886-2-2796-3638　傳真：+886-2-2796-1377
http://www.showwe.com.tw
劃撥帳號 / 19563868　戶名：秀威資訊科技股份有限公司
讀者服務信箱：service@showwe.com.tw
展售門市 / 國家書店（松江門市）
104台北市中山區松江路209號1樓
電話：+886-2-2518-0207　傳真：+886-2-2518-0778
網路訂購 / 秀威網路書店：https://store.showwe.tw
國家網路書店：https://www.govbooks.com.tw
經　　銷 / 聯合發行股份有限公司
231新北市新店區寶橋路235巷6弄6號4F
電話：+886-2-2917-8022　傳真：+886-2-2915-6275

2025年7月　BOD一版
定價：300元
版權所有　翻印必究
本書如有缺頁、破損或裝訂錯誤，請寄回更換

Copyright©2025 by Showwe Information Co., Ltd.
Printed in Taiwan
All Rights Reserved

讀者回函卡

國家圖書館出版品預行編目

為同一種光芒效力 / 劉曉萍著. -- 一版. -- 臺北
市 : 秀威資訊科技股份有限公司, 2025.07
面 ;　公分. -- (語言文學類 ; PG3143) (秀
詩人 ; 129)
BOD版
ISBN 978-626-7770-00-9(平裝)

851.487　　　114008723